傅蓉蓉／编著

设计师的红楼梦

广西师范大学出版社
·桂林·

图书在版编目(CIP)数据

设计师的红楼梦/傅蓉蓉编著. -- 桂林：广西师范大学出版社，2025.3. -- (写给设计师的诗词书). -- ISBN 978-7-5598-7833-5

Ⅰ. I207.2

中国国家版本馆 CIP 数据核字第 2024PS7453 号

设计师的红楼梦
SHEJISHI DE HONGLOUMENG

出 品 人：刘广汉
责任编辑：孙世阳
封面设计：李婷婷
版式设计：马韵蕾

广西师范大学出版社出版发行

（广西桂林市五里店路9号　　邮政编码：541004）
（网址：http://www.bbtpress.com）

出版人：黄轩庄

全国新华书店经销

销售热线：021-65200318　021-31260822-898

恒美印务(广州)有限公司印刷

（广州市南沙区环市大道南路334号　邮政编码：511458）

开本：889 mm×1 194 mm　1/30

印张：8.4　　　　　字数：127 千

2025 年 3 月第 1 版　　2025 年 3 月第 1 次印刷

定价：88.00 元

《红楼梦》也许是一本设计书？

有一本书，是可以读一辈子的。从少年到老去，看到其中的缠绵曲折，读到其中的悲欢离合，理解其中的人情世故，参悟其中的无可奈何。这，就是《红楼梦》。从清代小说成书到当代，其话题不断，研究《红楼梦》的专著与论文堆山积海。今天，我们想说的是，如果把《红楼梦》当成一本设计师的指导书，那么在书中我们可以读到一个具有极高艺术修养的作者展现的艺术审美、设计视角、文化趣味，进而生发联想。那么，在我们的设计中如何融入这些经典且生机勃勃的美学要素呢？

我们当然不希望设计师如同厨师一般，推出所谓的"红楼宴"，还原小说中的果菜小吃；也不希望看到如电影布景一般的"重建大观园"。我们期待，设计师静下心来，读一读这部类似"生活大百科"的小说，理解中国人的生命观、生活观，理解中国人的艺术精神如何与日常生活相关联，理解中式美学表达的各种形式，进而找到中国传统艺术精神与当代设计的会通。

所以，这是一本与文学有关的书，但不是文学作品鉴赏和故事情节阐述，其主旨是启思创智，通过经典文学名著帮助设计师进行方案构思、创意策划、理念传达。尤其在精彩的今天，人工智能的发展已经成为设计界绕不过去的话题，面对技术迭代，设计师如何继续成为创意的发掘者、审美的引领人、时尚的弄潮人成了一个受到更广泛关注的话题。人们需要向更广阔的知识源寻求助力，擦亮思想，焕新储备，磨砺想象力；而文学，这种拥有深厚人类情感底蕴，包容无限生命体验，蕴藏丰富的想象力与审美意趣，具有多元表达形式的艺术样式在成为设计师的灵感源、素材库的同时，更能帮助他们学习创造性思考，整体性建构，个性化传达，重构"创意"在设计过程中的核心地位。面对 AIGC（人工智能生成内容），锐利的创意和恰当准确的语言描述也有助于设计师与自然语言大模型更好地实现沟通，让技术成为设计的"盟友"。所以，这本书的写作目的是让想象力和创意力成为设计师的风舞之翼，使其在人工智能时代依旧是设计发展的引领者。

本书分为四个篇目："内景篇"，从小说中描述的室内环境分析入手，讨论如何通过小环境营造，从细节展现设计师的艺术趣味和感染力；"外景篇"，聚焦小说中园林环境的描写，从对人与环境的尺度把握和环境识别度的视角探索造景与"造境"的关系；"意景篇"，通过小说中人物的行为及故事情节，阐述人作为环境的主体，如何通过自己的思、感、行、悟引发受众的情绪、感知与认同度变化，使设计师与受众达成共通的心流体验；"场景篇"，深挖小说中故事情节的内核，引发思考，把设计师在日常工作中遇到的困惑，以及与受众之间可能存在的沟通困境作为突破口，拓展创意来源，走向属于设计领域的多元交融。

全书由开宗明义、文学导引、经典回望、跟着案例说设计四个主要板块组成，部分章节还辅以思维拓展板块，通过提纲挈领的概念阐述引出话题；通过文本细读，理解《红楼梦》语段的内涵，使读者触类旁通，产生共情，发现文学与设计的关联；借助案例，深化感悟与思索。通过 22 个专题，让设计师拓展知识面，并引发他们重新思索创意、技术、传播、场域在设计产业链上的定义。

一梦红楼千家说，枝枝叶叶总关情。谈设计，何妨先读书？让我们从文本出发，走向开阔的创意天地。

目 录

内景篇

外景篇

意景篇

场景篇

谈设计，先读书

寻找中式美学与当代设计的会通

烟霞闲骨格，泉石野生涯。

软烟罗只有四样颜色。好精致想头。

内景篇

一室之内，方寸之间，
体贴入微，意到心知。

整体与细节

开宗明义

　　在特定场景中，细节的意义可以超越整体感，起到提亮与显化的作用。一种意象、一个动作、一种表情、一个隐喻，都能成为设计文本的记忆点。

❦文学导引❧

　　探春素喜阔朗，这三间屋子并不曾隔断。当地放着一张花梨大理石大案，案上磊着各种名人法帖，并数十方宝砚，各色笔筒，笔海内插的笔如树林一般。那一边设着斗大的一个汝窑花囊，插着满满的一囊水晶球儿的白菊。西墙上当中挂着一大幅米襄阳《烟雨图》，左右挂着一副对联，乃是颜鲁公墨迹，其词云：

　　烟霞闲骨格　泉石野生涯

　　案上设着大鼎。左边紫檀架上放着一个大观窑的大盘，盘内盛着数十个娇黄玲珑大佛手。右边洋漆架上悬着一个白玉比目磬，旁边挂着小锤。那板儿略熟了些，便要摘那锤子要击，丫鬟们忙拦住他。他又要那佛手吃，探春拣了一个与他说："玩罢，吃不得的。"东边便设着卧榻，拔步床上悬着葱绿双绣花卉草虫的纱帐。板儿又跑过来看，说"这是蝈蝈，这是蚂蚱"。

——《红楼梦》第四十回
史太君两宴大观园　金鸳鸯三宣牙牌令①

---
① [清]曹雪芹：《红楼梦》，北京：人民文学出版社，2008年，第537—538页。

‖ 阐述 ‖

这是《红楼梦》里很有趣味的一个段落。贾母带着刘姥姥和众人在大观园中四处游玩，来到了探春的居所。探春，在金陵十二钗中，精明不让王熙凤，圆滑不输薛宝钗，颇有个性。但她因为庶出的身份，一直心有芥蒂，很在意他人的评判与眼光，凡事将"规矩"放在首位。故而，我们可以看到她的居所整体格局偏重大气开阔，刻意强调了世家风范，书香气质，这种布置从侧面反映出了探春对当时贵族阶层主流审美的迎合。但是，作为一个聪明灵秀的小女孩，探春仍然有着几分天真与对自由的向往。作者刻意描写了她的帐子，"葱绿双绣花卉草虫的纱帐"，作为床上悬挂起来的帷幄，床帐除了有遮蔽飞虫、保护隐私的实际作用之外，作为一种与人非常接近的陈设，从某种意义上说，也是主人生活态度的外化。所以，中国文学作品中常常有关于帐子的描绘：盛唐王维《洛阳女儿行》有"罗帏送上七香车，宝扇迎归九华帐"[1]，北宋张先有"娇香堆宝帐。月到梨花上"（《菩萨蛮》）[2]，都以帐子营造了一种旖旎梦幻的意境。探春的这顶帐子，活泼、充满野趣，与屋中堂皇的陈设形成了鲜明的对比，展现出小儿女灵动、不受拘束的性子。这顶特别的帐子吸引了来自乡野的板儿的注意，让他瞬间活跃起来，这也构成了对探春个性的映衬。因为"帐子"这个细节，我们更完整地认知了人物个性。

---

[1]　[清]曹寅、彭定求等编：《全唐诗》第 2 册卷一二五，北京：中华书局，1999 年，第 1258 页。

[2]　唐圭璋编：《全宋词》第 1 册，北京：中华书局，1999 年，第 73 页。

这不能不说是作者精妙描绘之所在。

通过上面的文本，我们或许也能获得另外一种设计理念：局部即整体。我们可以这样理解，在设计中，"整体"意味着一种氛围，这源于设计师凭借五感体验和设计经验营造的"场"，受众凭借自己的体验、经历去识别这种"场"的特征与气息。设计师会认为，整体性的意义高于局部，因为在整体性里有设计要素之间的关联，有协调感。这当然有非常正确的一面，但从某种意义上来说，"局部"代表着耀眼的细节、识别度以及引发共鸣的触点，可以将设计师的内在情感和独特思想以"轻""小""灵""快"的方式呈现出来，让创意具象化，增强设计的感染力和受众穿透力。著名建筑师黑川纪章说：建筑细部就是建筑的一个局部，从远处看，从整体上看这个局部，它们并没有很强的个性，然而，当人们逐渐贴近它们，观察它们，就会发现一个全新的世界，这样的局部就是细部。其实，不局限于建筑，局部设计往往更能凸显设计师的风格特征，理解他对设计语言的独特把握。

当然，强调局部，不是否认整体中包含的均衡性与逻辑性，而是将设计中所需关注的用户体验，如便利性、舒适感、感染力、愉悦感，放到一个更重要的位置；注重构建可以让设计师和用户形成共同认知与情感的通道，以点带面，统摄全案。艺术理论家阿比·瓦尔堡说，在研究艺术史的时候，上帝就隐藏在细节里。做设计，何尝不是如此呢？

江南春 ①

[唐] 杜牧

千里莺啼绿映红，
水村山郭酒旗风。
南朝四百八十寺，
多少楼台烟雨中。

‖ 阐述 ‖

　　文字里的江南，温暖而柔婉，清丽且性灵，诗意更唯美：莺啼燕唱，杨柳堆烟，二十四桥畔，芍药花开；西子湖霎儿晴，霎儿雨，鱼跃鸢飞；斟一杯茶，携一壶酒，三两诗侣，徜徉花间松下，浅唱低吟。远处，或许有笙箫，或许是菱歌，应和吴侬软语。断桥驿边，执手相看，嘤嘤喁喁，自此千帆望尽，深宵独立。这样的江南，是你我都熟悉的吧？

　　文字里的江南，激越而飞扬，刚健且俊朗，理性更汇通：骤雨楼头，远寺荒斋，一叶扁舟，渡尽劫波；京口瓜州，两岸青山相对出，冷对无边落木。鼓一张琴，对一枰棋，数位宾朋，流连茂林修竹，

---

① ［清］曹寅、彭定求等编：《全唐诗》第 8 册卷五二二，第 6009 页。

作风雷吼。近旁，或许慷慨悲歌，或许仰天长啸，挟裹天风海雨。桃花扇底，梦醒红楼，嘈嘈切切，无言独上孤峰，月明星稀。这样的江南，你我几度午夜梦回？

当文字流成河，映像江南的梦与魂，我们缓慢回望，在幽径深巷里，熙攘背影中，每个人都有一个属于自己的江南，但这个"江南"一定是场景浑融、细节清晰的。

晚唐诗人杜牧就有这样一个丰盈且立体的江南。他的作品多是从大处着眼，细处落墨，一系列作品绘就其心中的"江南百景图"。作为一个生在唐晚似欲中兴实则无望的时代的诗人，他渴望力挽狂澜，济世安民，然而梦想与现实的落差让他感到无所适从，因而作幕江南期间行为放纵，留情处处："落魄江南载酒行，楚腰肠断掌中轻。十年一觉扬州梦，赢得青楼薄幸名"（《遣怀》）①是他那个阶段生活状态的真实写照。因为生活轨迹丰富，在他笔下，江南的风情展现得全面、细致："二十四桥明月夜，玉人何处教吹箫"（《寄扬州韩绰判官》）②描摹了月下美人箫的扬州风流；"娉娉袅袅十三余，豆蔻梢头二月初"（《赠别》）③，此句一出，几乎成为对江南女子最美好的礼赞。

而前引中的"南朝四百八十寺，多少楼台烟雨中"则于写景中寄托了对江南这片土地上六朝金粉的历史的思索与追忆。在诗中，杜牧恰如其分地展现了江南春日的全景：在绚烂明媚的光影里，温

----

① ［清］曹寅、彭定求等编：《全唐诗》第8册卷五二四，第6046页。

② 同上书，第6028页。

③ 同上书，第6035页。

9

暖的诗性在大地上延展。然而，最为打动人心的其实是在这样一个大背景之上，作者描绘的一个局部景象：烟雨古寺。烟雨，仿佛为天地蒙上了一层细密柔和的面纱；古寺，恰如一个见证者，遍看这片土地上曾经的悲欢离合，风云际会，姹紫嫣红，让"江南"二字变得厚重，充满质感，让读者得以用自己的阅读经验以及历史印象去实现"完形"。从某种意义上来说，正是这个"局部"丰盈了江南意象，粘连起历史与当下，让读者的感知有了一个明确的寄托载体。

【名称】菊花文禽图

【年代】明

【作者】沈周

【馆藏】日本大阪市立美术馆

此画为沈周晚年所作，画面右侧
一根竹竿撑持着菊花，四五朵菊
花或正或侧，浓墨点染正叶，淡
墨渲染叶背，墨彩焕然，不施颜
色，却有五色斑斓之感。左侧是
一只昂首向天的公鸡，神情专注，
似乎看着半空中翩翩起舞的彩蝶。
公鸡羽翼未丰，眼神中透露出天
真，双爪立定，颇具气势。整幅
画用墨较淡，但用了极浓的漆墨
点鸡的眼睛，使其神完气足。画
上有沈周的题句："文禽借五色，
故伫菊花前。何似舜衣上，云龙
同焕然。八十三翁写与初斋，玩
其文采也。正德乙巳，沈周。"
他用这幅画祝福朋友文采斐然，
早日功名有成，所以对公鸡的刻
画特别细腻传神，充满了少年感。

❦ 跟着案例说设计 ❧

澳大利亚伍伦贡中心（Wollongong Central Development）的外墙采用错综复杂的混凝土立面造型，在白天有一种自然朴素之美。当夜色降临，嵌入墙上的伊拉瓦拉火焰树的抽象图案被灯光照亮，星星点点的花朵让整个建筑充满了诗意的幻想。

获得 2023 年日本 Good Design 奖的八千代市"52 间廊台"的设计用途是日间服务中心，是孩子和老年人的便利设施、旅馆、咖啡店。设计师希望借此解决社区居民的不安和孤独等社会问题。建筑中的每个细节都是山崎健太郎精心设计的。例如，在咖啡厅和露台之间，放置了一张舒适的日间床，并精心挑选尺寸、装潢和材质，使得人们可以在小角落里放松身心，享受独特的"ikata"体验——即使一个人，也能与他人共享时光。老年人在"52 间廊台"得到充分照料的同时也能帮忙照看孩子。此处能更直观地了解老年人的日常生活。那些由于父母工作而无法待在家中的孩子，可以在此享受快乐时光，学习承担一些小小的职责，如浇花等。

思维拓展

如果，把你从文本和案例中获得的感悟转化为一组感性的词语，你将怎样描述心中的江南？最能代表你心中的江南的局部细节是什么？尝试将它们描述出来，抽取其中的词语，用文生图模型生成你心里的"江南百景图"吧。

参考提示词组合规则如下。

描述主体：城市、小镇、乡村……

描述特点：繁华的、空旷的、热闹的……

描述建置：村舍、大厦、小桥、茶馆……

描述风格：柔和的、明艳的、壮阔的……

描述配色：粉白 + 灰色、湖绿 + 粉红……

呈现的效果：水粉、油画、国风……

渲染方式：Autodesk 3ds Max、Cinema 4D

整体氛围：宁静的、温和的、紧张的……

效果：超现实的、古典的、赛博的……

极繁与至简

开宗明义

极繁与至简的对峙，在艺术史上不止一次，并且还可能延续下去。"繁"，包含着一种饱和、多元的冲击力；"简"，代表着纯粹、限制和质感。说繁道简，其本质上讨论的应该是一个"宜"字，宜人、宜地、宜分寸。

❦文学导引❧

　　只见门外鏊铜钩上悬着大红撒花软帘，南窗下是炕，炕上大红毡条，靠东边板壁立着一个锁子锦靠背与一个引枕，铺着金心绿闪缎大坐褥，旁边有雕漆痰盒。那凤姐儿家常带着秋板貂鼠昭君套，围着攒珠勒子，穿着桃红撒花袄，石青刻丝灰鼠披风，大红洋绉银鼠皮裙，粉光脂艳，端端正正坐在那里，手内拿着小铜火箸儿拨手炉内的灰。平儿站在炕沿边，捧着小小的一个填漆茶盘，盘内一个小盖钟。凤姐也不接茶，也不抬头，只管拨手炉内的灰，慢慢的问道："怎么还不请进来？"

——《红楼梦》第六回

贾宝玉初试云雨情　刘姥姥一进荣国府①

---

① [清]曹雪芹：《红楼梦》，第98页。

贾母因见岸上的清厦旷朗，便问"这是你薛姑娘的屋子不是？"众人道："是。"贾母忙命拢岸，顺着云步石梯上去，一同进了蘅芜苑，只觉异香扑鼻。那些奇草仙藤愈冷愈苍翠，都结了实，似珊瑚豆子一般，累垂可爱。及进了房屋，雪洞一般，一色玩器全无，案上只有一个土定瓶中供着数枝菊花，并两部书，茶奁茶杯而已。床上只吊着青纱帐幔，衾褥也十分朴素。……贾母摇头道："使不得。虽然他省事，倘或来一个亲戚，看着不像；二则年轻的姑娘们，房里这样素净，也忌讳。……我最会收拾屋子的，如今老了，没有这些闲心了。他们姊妹们也还学着收拾的好，只怕俗气，有好东西也摆坏了。我看他们还不俗。如今让我替你收拾，包管又大方又素净。……"说着叫过鸳鸯来，亲吩咐道："你把那石头盆景儿和那架纱桌屏，还有个墨烟冻石鼎，这三样摆在这案上就够了。再把那水墨字画白绫帐子拿来，把这帐子也换了。"

　　　　　　　　　　　　　——《红楼梦》第四十回

　　史太君两宴大观园　金鸳鸯三宣牙牌令^①

① ［清］曹雪芹：《红楼梦》，第539—540页。

‖ 阐述 ‖

　　王熙凤与薛宝钗大概是《红楼梦》中最精明、最善于立"人设"的两个角色了。王熙凤是荣国府长房儿媳妇，却成了二房的当家人，乃至整个荣国府日常的"话事人"，威风赫赫。这不仅因为她出身大族，精明能干，更重要的是她极有眼色。所以，在林黛玉初进荣国府，一片悲悲戚戚的气氛中，她能排众而出，以嬉笑化解伤感，让人留下深刻印象。她既让贾母表达了对远道而来的外孙女的怜惜疼爱，又避免了过度忧伤对老人家身体造成伤害，算得上收放自如。薛宝钗作为渐近没落的皇商家庭的女子，投奔赫赫声名的亲戚家，察言观色成为她最大的"护身符"。王夫人的丫头金钏被误会勾引宝玉，投井自尽以后，宝钗主动劝慰王夫人，并且用自己的新衣服装殓金钏，此举博得了王夫人极大的好感。这两位女子在布置自己的房间时，显然也会费尽心机，使之成为一种自我形象的延伸。作为大家族的主事人，王熙凤选择了"极繁"，将富贵风流演绎到极致，"锁子锦靠背""金心绿闪缎大坐褥""雕漆痰盒"，花团锦簇的小器物彰显了她的身份，也彰显了贾府的荣耀，让人油然生出许多敬畏感。作为崇尚德行的闺阁女子，薛宝钗选择了"至简"，把房间布置得"雪洞一般"，"一色玩器全无"，体现了俭朴、谦逊的风格，也符合大家族遴选媳妇的标准。一繁一简，都包含着人物对于自己身份地位以及社会认同的考虑。

那么，这两人的布置有没有高下之分呢？从书中看是有的。王熙凤的布置无疑是成功的，她以富贵迷了刘姥姥的眼，让她敬畏、紧张到不敢提诉求，接下来又来了一番"恤老怜贫"的操作，让刘姥姥喜出望外，这也奠定了刘姥姥对王熙凤产生深厚情感认同的基础。薛宝钗的布置虽然成功引起了贾母的关注，但显然贾母并不认同。因久踞贵族世家高位，贾母时刻以贵族的审美与文化标准来衡量事物，文中一句"看着不像"，就表明在她的认知中，宝钗的布置是小家子气的，不合身份的，所以要出手改进。虽然，贾母以一个亲和的好长辈的面目，而且出手阔绰地来安排宝钗的室内陈设，但当着众人的面，这一番举动无疑是对宝钗隐隐的批评。这也是全书中宝钗唯一一次被贾府长辈批评。因此，我们说，繁简各妙，得宜为上。

记承天寺夜游①

[宋]苏轼

元丰六年十月十二日夜，解衣欲睡，月色入户，欣然起行。念无与为乐者，遂至承天寺寻张怀民。怀民亦未寝，相与步于中庭。庭下如积水空明，水中藻荇交横，盖竹柏影也。何夜无月？何处无竹柏？但少闲人如吾两人者耳。

▌阐述▌

元丰六年（1083年），苏东坡因为"乌台诗案"被贬谪黄州，进入了人生最灰暗的阶段。这个夜晚，他来承天寺寻找同样被贬谪至此的张怀民。文章很简洁，一个"寻"字，写出了苏轼在黄州的孤独感，他渴望找到同气相求的伙伴。张怀民此时也没有入睡，他默契地陪着苏轼在庭院中闲逛。行文至此，可说是万般思绪尽在不言中，简而有味。在庭院中，苏轼描写了无边月色——皎洁如水，澄澈透明，松柏竹子的影子在这月色中投射到地面，仿佛水藻荇菜。这一句，作者描写得非常细致，既有静态的美，又有动态的摇曳之感，

---

① [宋]苏轼：《东坡志林》卷一，载王云五主编《丛书集成初编本》第2850册，上海：商务印书馆，1937年，第1—2页。

令人仿佛与作者同在这宛如透明、清净无垢的境界中徜徉。即便这样，作者还觉得不够，他进一步抒写怀抱：同样的月色，同样的竹柏，天壤之间并不缺少这种美好，但只有如"我"与张怀民这样内心高洁，不为世俗荣辱所动的人才能懂得这份美好。这一结语，是作者对于"夜游"意义的升华，突破了眼前景物的局限，从生命体验的高度来看待这种真美。全文很短，其精妙之处在于叙事当简则简，写景应繁则繁，抒情有余不尽。这样的文字也深具画意。

【名称】松壑流泉

【年代】清

【作者】王原祁

【馆藏】台北故宫博物院

画家王原祁在《麓台题画稿》中云，"笔不用烦，要取烦中之简"①，这是对绘画笔触繁简的精妙表达。什么是简？是从复杂的笔触和构图中抽取出最有意蕴的部分，传情达意。画家的内心世界是丰沛的，意象是充足的，但在表达上采用适当的留白和约简，形成一种浓淡宜人、疏密得当的意境。这幅画很好地佐证了他的观念。近景竹树繁密，山石嶙峋，中景竹篱茅舍，井然有序，远山层峦叠嶂，疏阔高峻，体现了画家的匠心布置。

---

① ［清］王原祁：《麓台题画稿》初集第二辑，载黄宾虹、邓实编《美术丛书》本，南京：江苏古籍出版社，1997年，第71页。

❧ 跟着案例说设计 ❧

　　位于卡塔尔首都多哈的伊斯兰艺术博物馆坐落在波斯湾海上填海造陆的小岛上。博物馆外墙用白色石灰石堆叠而成，折射在蔚蓝的海面上，形成一种慑人的宏伟力量。建筑的细部——典型的伊斯兰风格几何图案和阿拉伯传统拱形窗，为这座庞然大物增添了几分柔和，体现了伊斯兰建筑文化的多样性。在这个作品中，贝聿铭找到了现代与传统、极简与繁复等对立面中微妙的平衡点。

　　如果说，伊斯兰艺术博物馆是贝聿铭晚年的集大成之作，那么肯尼迪总统图书馆则是他从 1964 年至 1970 年，耗时 7 年，多次修改的艰难之作，也是他的标志性作品。几经波折后，图书馆坐落于波士顿多切斯特社区马萨诸塞大学波士顿分校附近。为了契合环境，贝聿铭几乎完全推翻了自己的最初设计，一块大面积突出的黑色玻璃幕墙镶嵌在全白的建筑正立面，使整座建筑造型独特、简洁，反差分明。

　　同样出自贝聿铭之手，两座建筑风格何以差别如此明显？繁简之间如何把握分寸，这是值得我们思考的问题。

主我与客我

开宗明义

主我，是作为意愿和行为主体的"我"；客我，是作为他人的社会评价和社会期待的"我"，两者通过互动和对话，形成一个新的行为主体。在设计领域，设计师可以通过风格化在作品中明确"主我"的意识表达，以转译的方式将这种风格符号化，完成"客我"认知中的形象建构，实现主客统一。

❦文学导引❧

　　刘姥姥掀帘进去，抬头一看，只见四面墙壁玲珑剔透，琴剑瓶炉皆贴在墙上，锦笼纱罩，金彩珠光，连地下踩的砖，皆是碧绿凿花，竟越发把眼花了，找门出去，那里有门？左一架书，右一架屏。刚从屏后得了一门转去，只见他亲家母也从外面迎了进来。刘姥姥诧异，忙问道："你想是见我这几日没家去，亏你找我来。那一位姑娘带你进来的？"他亲家只是笑，不还言。刘姥姥笑道："你好没见世面，见这园里的花好，你就没死活戴了一头。"他亲家也不答。便心下忽然想起："常听大富贵人家有一种穿衣镜，这别是我在镜子里头呢罢？"说毕伸手一摸，再细一看，可不是，四面雕空紫檀板壁将镜子嵌在中间。因说："这已经拦住，如何走出去呢？"一面说，一面只管用手摸。

　　这镜子原是西洋机括，可以开合。不意刘姥姥乱摸之间，其力巧合，便撞开消息，掩过镜子，露出门来。刘姥姥又惊又喜，迈步出来，忽见有一副最精致的床帐。他此时又带了七八分醉，又走乏了，便一屁股坐在床上，只说歇歇，不承望身不由己，前仰后合的，朦胧着两眼，一歪身就睡熟在床上。

——《红楼梦》第四十一回
栊翠庵茶品梅花雪　怡红院劫遇母蝗虫①

---

① ［清］曹雪芹：《红楼梦》，第556页。

▌阐述▐

　　刘姥姥二进大观园后发生的种种故事，是整部小说中让人心情最放松的一段。贾府上下人等对着这个乡下老太太表现出一种将她视为"清客""笑料"的心态，不遗余力地放大她身上"土""俗""没见识"的特点。殊不知，刘姥姥作为一个有着丰富乡间生活经验的老妇人，早就看穿了这些贵族太太、奶奶、小姐的心思，着力迎合，目的就是获得更多的赏赐、利益，改善生活。所以，无论被满头插花也好，酒席上被戏弄调笑也罢，她都表现出甘之如饴的精神状态，因为她知道，只有让上位者愉悦了，她才有她的核心价值，才能获得相应价值的物质。要知道，贾府随随便便一餐螃蟹宴所费，就顶得上乡间人家一年的花销了。

　　但是，在主动迎合他人的同时，刘姥姥有没有内心的波澜呢？从这段文字来看，其实是有的。她喝醉了酒，误入金碧辉煌的宝玉卧室，看到了镜中的自己。在她朦胧的意识中，这个影像被当成了"亲家母"，她很好奇，"亲家母"是如何进到大观园的，因为她知道，这本不是她们这个阶层的人可以进入的；另外对于"没死活戴了一头"花的这个影像，她的内心也是瞧不上的，觉得着臊。这说明，看似大大咧咧的刘姥姥，内心其实有自己的态度和立场，装疯卖傻的背后，她咽下了辛酸、委屈和不平。当然，刘姥姥不是一个情绪化的角色，当她发现那个影像只是镜中的自己，她也瞬间调整了自己的心境，松弛下来，继而沉沉睡去。

这个段落耐人寻味的地方在于，当自我认知与他人评价之间存在落差，如何进行调适？放弃自我，迎合他者，显然不是一个好方案，因为一方面，需要迎合的未必是擅长的，也未必符合他人真正的期待；另一方面，精神上的自我摒弃往往会产生巨大的落差感，影响自我价值的认定。坚持自我，拒绝迎合，当然可以获得适度的精神自由，但作为社会中的人，我们实际上无法漠视社会认同带来的物质和精神收益，他者眼中的"我"也会让我对自己的定位产生怀疑。对于设计师，尤其如此。设计，是一种戴着"镣铐"的舞蹈，会有许多约束，作品的价值依赖设计师与消费者的共同认定。从这个角度看，如何通过合理的互动，让主我与客我之间形成统一，就成了设计师无法回避的问题。许多成功的设计师是通过鲜明的风格化特征表达来展示自己的美学理念，利用公众可感知、可理解的符号形式把这种特征融入设计中的。回到小说，刘姥姥之所以在二进大观园之后，得到了贾府上上下下的认可、青睐，是因为她牢固地树立了亲和、朴实、有生活智慧的老乡亲形象。眼高于顶的王熙凤甚至将为自己的掌上明珠取名的殊荣给了刘姥姥，足见这一形象构建的成功。

竹石①

[清] 郑燮

咬定青山不放松，
立根原在乱崖中。
千磨万击还坚劲，
任尔东西南北风。

▎阐述▎

　　这首诗通俗易懂，因而家喻户晓。作者郑燮，是"扬州八怪"之一，书画双绝，最喜画兰、竹。在这首诗中，作者显然是将自己的人格力量贯注其中，写出了竹生于艰难，但百折不屈、笑对风雨的气节与格调。这样的竹子，与作者本身的生命经历非常相似：家道中落，早年丧母，成年后科举不顺，卖画为生，又接连遭受失子丧妻之痛；连番磋磨，使郑燮只能以疏狂自解。他四十岁中举，四十四岁成为进士，经历了十余年宦海浮沉而最终复归于江湖，一生所行，皆依兰竹风骨。

---

① 郑燮作题画诗，题于《竹石图》，图现藏于苏州博物馆。

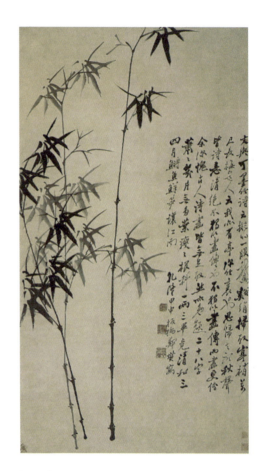

【名称】墨竹图
【年代】清
【作者】郑燮
【馆藏】上海博物馆

这是郑燮所绘墨竹，用笔畅达道劲，构图布局疏密相间，用墨浓淡相宜，呈现了鲜明的个人特色。更为有趣的是，郑燮的画通常是诗、书、画三者合一，正如这一幅，画面与题画诗各占其半，相映成趣，充分展现了作者以画抒志的特点。

❧ 跟着案例说设计 ❧

　　草间弥生是一位被贴了很多标签的艺术家，在众多标签中，"波点女王"大约是公众最没有争议的一个。她的作品有着鲜明的辨识度，简洁的轮廓、强烈的装饰感，发掘了圆点的无限可能性。她的疾病成为她灵感的来源和诠释世界的方式，形成了她对宇宙、对爱的独特表达。这种表达得到了许多知名品牌的认可，LV 与草间弥生合作的 2012 秋冬季包包正是一个经典的代表。

　　草间弥生还将波点用在了装置艺术上，如延续了 50 余年的无限镜室系列，她在作品中运用了闪烁的 LED 球体灯，它们变幻着色彩，给观众带来沉浸式的体验。这个作品便是草间弥生让个体与无限的宇宙相融合的哲学理念的体现。波点代表了她的主体认知，也成为她被公众接受的符号。

隐喻与联想

开宗明义

　　隐喻是设计的常见手法，是指将两个不同但相关的概念进行比较，使用户熟悉的事物和概念与设计产品相结合，进而让用户通过联想感知产品的特性。隐喻的本质是通过含而不露的传达，构建设计师与用户之间共通的意义空间，达成一种不落言筌的默契。某些时候，这种方式也被用来构建一种群体边界。

《文学导引》

　　说着大家来至秦氏房中。刚至房门，便有一股细细的甜香袭人而来。宝玉觉得眼饧骨软，连说"好香！"入房向壁上看时，有唐伯虎画的《海棠春睡图》，两边有宋学士秦太虚写的一副对联，其联云：

　　嫩寒锁梦因春冷，芳气笼人是酒香。

　　<u>案上设着武则天当日镜室中设的宝镜，一边摆着飞燕立着舞过的金盘，盘内盛着安禄山掷过伤了太真乳的木瓜。上面设着寿阳公主于含章殿下卧的榻，悬的是同昌公主制的联珠帐。</u>宝玉含笑连说："这里好！"秦氏笑道："我这屋子大约神仙也可以住得了。"说着亲自展开了西子浣过的纱衾，移了红娘抱过的鸳枕。于是众奶母服侍宝玉卧好，款款散了，只留袭人、媚人、晴雯、麝月四个丫鬟为伴。秦氏便分咐小丫鬟们，好生在廊檐下看着猫儿狗儿打架。

　　　　　　　　　　——《红楼梦》第五回
　　　　　　游幻境指迷十二钗　饮仙醪曲演红楼梦①

---

① [清]曹雪芹：《红楼梦》，第70—71页。

这一段内容在《红楼梦》中比较"香艳",也是全书的大关节所在。宝玉在秦可卿的房中休息,梦入警幻仙境,引出了金陵十二钗的判词,确定了整部小说的故事走向。秦可卿这个人物在小说中可谓迷影重重。她出身小官之家,又是养女,这样的身份在富贵势利的贾府人眼中原本是非常不入流的,但她不仅得到了上下人等的喜爱,而且成为"重孙媳中第一得意人",又与王熙凤关系十分融洽,生活非常优裕。同时,她的得病与死亡也充满了谜团,病亡还是自尽,争议不断。即便仅看文本,因病而亡,她的葬礼排场之豪阔宏大,甚至"恰巧"宫中有太监来到宁国府,顺水推舟帮贾蓉捐了官,赠了个"诰命"衔;机缘巧合用了忠顺老王爷预定的棺椁……种种巧合凑到一起,其实作者的意图不言自明:这是一个身份特殊的女子。为了增强这种特殊性,作者也为秦可卿塑造了一个仙界身份:她来自仙界的清净女儿之境,是太虚幻境之主警幻仙子的妹妹,她在警幻宫中原是个钟情的首座,管的是风情月债,奉警幻之命,降临尘世,引导金陵十二钗早早归入太虚幻境。

宝玉来到她的房间里,入目的陈设无不充满了隐喻性。武则天的宝镜、赵飞燕的金盘种种当然不是实指,只是用这些古代著名女子充满传奇色彩的故事来表达秦可卿卧室中的暧昧和香艳,为宝玉的入梦做了铺垫。

在中国古代,室内陈设与主人的身份、情趣之间的关联性经常是通过隐喻的手法来表达的。明代的江南文人追求高雅,以此象征自己人格高洁,不同俗流,因此,在室内陈设中经常弃绝雕绘重彩,崇尚质朴简洁。高濂《遵生八笺》中说："云林清秘，高梧古石中，仅一几一榻，令人相见其风致，真令神骨俱冷。故韵士所居，入门便有一种高雅绝俗之趣。"① 可见室内所设正是屋主人精神世界的外化。文震亨《长物志》卷六"几榻"说："古人制几榻，虽长短广狭不齐，置之斋室，必古雅可爱，又坐卧依凭，无不便适。燕衎之暇，以之展经史，阅书画，陈鼎彝，罗肴核，施枕簟（竹席），何施不可。今人制作，徒取雕绘文饰，以悦俗眼，而古制荡然，令人慨叹实深。"② 亦可说明在他看来，"古雅可爱"才是文人应该选取的风格，是符合其身份与品位的。袁宏道谈室内插花，认为选花如交友，在花与花器的选配上也提出"养花瓶亦须精良。譬如玉环、飞燕，不可置之茅茨，又如嵇、阮、贺、李，不可请之酒食店中"③，足见在他看来，花与花器都有自己的精神气韵，且这种气韵须与主人相合。

　　隐喻虽是常用手法，但对隐喻的理解需要设计者与欣赏者建立起共同的意义空间。就如同《红楼梦》中，秦可卿房中陈设所传达的情趣与暗示，落于对女性之美充满向往与怜惜的贾宝玉眼中，才真正体现出了吸引力和共鸣点。小说中，刘姥姥的一句话很能说明问题："人人都说大家子住大房。昨儿见了老太太正房，配上大箱

① ［明］高濂：《遵生八笺》，成都：巴蜀书社，1988 年，第 495 页。

② ［明］文震亨：《长物志》卷六，载［清］永瑢、纪昀等编《文渊阁四库全书》第 872 册，上海：上海古籍出版社，1987 年，第 59 页。

③ ［清］李渔：《闲情偶寄》，天津：天津人民出版社，2017 年，第 263 页。

大柜大桌子大床，果然威武。那柜子比我们那一间房子还大还高。怪道后院子里有个梯子。我想并不上房晒东西，预备个梯子作什么？后来我想起来，定是为开顶柜收放东西，非离了那梯子，怎么得上去呢。如今又见了这小屋子，更比大的越发齐整了。满屋里的东西都只好看，都不知叫什么，我越看越舍不得离了这里。"（第四十回 史太君两宴大观园 金鸳鸯三宣牙牌令）[1] 虽然，老太太的正房体现了贵族家庭的仪式感和法度，林黛玉的潇湘馆展现了别致风雅的书卷气，但是对于刘姥姥而言，她无法感受到其中的意涵，只能凭借朴素的直觉来认知，觉得"威武"或"齐整"。所以，隐喻的传达一定要择时、择势、择人。

---

[1] ［清］曹雪芹：《红楼梦》，第533页。

咏镜[1]

[唐] 张说

宝镜如明月，出自秦宫样。

隐起双蟠龙，衔珠俨相向。

常恐君不察，匣中委清量。

积翳掩菱花，虚心蔽尘状。

倘蒙罗袖拂，光生玉台上。

▌阐述▌

唐代是中国制镜技艺大发展的时期，不但留下了很多精美的文物，在唐诗中也有许多以"镜"为主题的作品，使镜成为中国文学中一种表现力较强的意象。张说这首诗，可说是其中比较突出的代表。诗以"镜"为主题，通过对镜子的描写，抒发了诗人对人生和世界的思考。首两句，作者摹写镜子的形状，让人们有一个直观的认知：以明月作比，带上了一点阴晴圆缺变幻的朦胧感，以"秦宫"作为镜子样式的来源，又赋予了它悠长的历史感。次两句，作者细致描绘了镜子上雕刻的纹样——双龙衔珠，这是唐镜非常经典的样

---

[1] [清] 曹寅、彭定求等编：《全唐诗》第 2 册卷八六，第 932 页。

式，堂皇大气。接下来四句颇有内涵：镜子是明亮的，但如果对它视而不见，任其蒙尘，镜子就失去了存在的意义。就像人心一样，若让世俗尘垢遮蔽，则无法洞见真相。这四句通过对镜子的比喻，抒发了对人性的思考。结尾两句，镜子如果得到擦拭，就能光彩照人。显然，人心若无阴翳，便透彻澄明。这一写法与禅宗五祖弘忍弟子，以及北宗禅创始人高僧神秀所作颇类似。神秀偈云："身是菩提树，心如明镜台，时时勤拂拭，勿使惹尘埃。"① 当时，弘忍认为他未见本性，未付衣法。弘忍死后，神秀在江陵当阳山玉泉寺开宗立派，声名远播。四海僧俗闻风而至，声誉甚高。神秀圆寂后，张说为他撰写了碑文，可见两者之间颇有渊源。拭镜可视为勤于修行、明心见性的象征。

---

① ［清］曹寅、彭定求等编：《全唐诗》第 14 册卷二，第 10 616 页。

【名称】林亭佳趣图

【年代】明

【作者】仇英

【馆藏】台北故宫博物院

这幅图前景柴门半掩，曲径通幽；中景高士倚榻闲憩；远景云山垂瀑，楼宇参差，画面整体体现了明代文人雅士在庭院中悠然自适的生活状态。

非常值得一提的是，在中景部分，高士榻旁陈列着两个盆景，一为松树，一为水石。松为万木之公，是已知最长寿的植物之一，外形挺拔、苍劲，经风霜犹傲然，是文人气节的代表。在描绘高人雅士的作品中，松的形象反复出现。在这幅作品里，盆景之松与庭院中的长松交相辉映，强化了这位画中人内心的傲岸不羁。水石盆景非常具有江南特色，通常因意选材，随形造景，构成立体的山水画。从画面上看，石头形态玲珑，颇似太湖石，这也是文人画中经常出现的元素，是明代文人书斋中常伴之长物。赏石，实则是以石之德涵养身心，这是古代"君子比德"理念的体现。宋人杜绾《云林石谱序》曰："圣人常曰，仁者乐山，好石乃乐山之意，盖所谓静而寿者，有得于此。"①

---

① ［宋］杜绾：《云林石谱》，载［清］永瑢、纪昀等编《文渊阁四库全书》第844册，第584页。

◈跟着案例说设计◈

原研哉在设计梅田妇产医院的导视系统时，运用了以通感的设计形式来传递隐喻的做法。他选择了白色的麻布和木材，结合包裹的形态，传达出柔和的空间感，给孕妇营造出一种温馨舒适的氛围。看到这些标牌，人们自然联想到婴儿柔软的肌肤、母亲温暖的怀抱，体会到即将到来的新生命是被爱，被期待的。

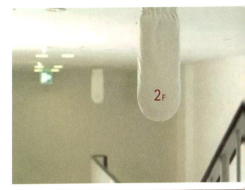

◈ 思维拓展 ◈

在界面设计中,隐喻是被广泛应用的一种手法,最典型的是"购物车"、"垃圾桶"及"火箭",用户凭借经验,几乎不用学习就知道它们的功能。那么,除了这种耳熟能详的图形隐喻之外,你还知道哪些类型的隐喻呢?试举一个你觉得成功的案例,再回想一个不够完美的案例,对比一下两者的差异,给自己一个答案吧。

心境与情境

开宗明义

　　心境是一种微细而持久的情绪状态，是人感知外界事物的心理底色，会以一种潜移默化的形式影响人的审美与判断。情境是人和环境、物品、信息共同形成的系统。心境是情境的底色与关键，情境是更易感知的外显状态，通过情境的设计可以濡染心境。

说笑一会，贾母因见窗上纱的颜色旧了，便和王夫人说道："这个纱新糊上好看，过了后来就不翠了。这个院子里头又没有个桃杏树，这竹子已是绿的，再拿这绿纱糊上反不配。我记得咱们先有四五样颜色糊窗的纱呢，明儿给他把这窗上的换了。"凤姐儿忙道："昨儿我开库房，看见大板箱里还有好些匹银红蝉翼纱，也有各样折枝花样的，也有流云卍福花样的，也有百蝶穿花花样的，颜色又鲜，纱又轻软，我竟没见过这样的。拿了两匹出来，作两床绵纱被，想来一定是好的。"贾母听了笑道："呸，人人都说你没有不经过不见过，连这个纱还不认得呢，明儿还说嘴。"薛姨妈等都笑说："凭他怎么经过见过，如何敢比老太太呢。老太太何不教导了他，我们也听听。"凤姐儿也笑说："好祖宗，教给我罢。"

贾母笑向薛姨妈众人道："那个纱，比你们的年纪还大呢。怪不得他认作蝉翼纱，原也有些像，不知道的，都认作蝉翼纱。正经名字叫作'软烟罗'。"凤姐儿道："这个名儿也好听。只是我这么大了，纱罗也见过几百样，从没听见过这个名色。"贾母笑道："你能够活了多大，见过几样没处放的东西，就说嘴来了。那个软烟罗只有四样颜色：一样雨过天晴，一样秋香色，一样松绿的，一样就是银红的，若是做了帐子，糊了窗屉，远远的看着，就似烟雾一样，所以叫作'软烟罗'。那银红的又叫作'霞影纱'。如今上用的府纱也没有这样软厚轻密的了。"薛姨妈笑道："别说凤丫头没见，连我也没听见过。"

凤姐儿一面说，早命人取了一匹来了。贾母说："可不是这个！先时原不过是糊窗屉，后来我们拿这个作被作帐子，试试也竟好。明儿就找出几匹来，<u>拿银红的替他糊窗子</u>。"

——《红楼梦》第四十回

史太君两宴大观园　金鸳鸯三宣牙牌令①

▌阐述▌

　　贾母果然人老成精，在潇湘馆一番议论敲打了王熙凤，为林黛玉撑了腰，也彰显了不俗的审美品位。潇湘馆是林黛玉的住处，也是大观园中非常幽雅静美的一处所在，修竹千竿，凤吟声细，很有江南气韵，也与主人孤标高格的气质十分吻合。黛玉是个心思细腻的女子，虽然为着自己无从对外人道的心事时而会显得"小心眼"，也很是辞风犀利，但是，她对自己寄人篱下的处境是非常敏感的。初入荣国府时，不敢多说一句话，不敢多走一步路，对与自己从小不一样的生活习惯也选择了接受和忍耐。到了后来，即便知道燕窝对身体有好处，也不会主动去跟贾府提要求，还是宝钗私下里赠了

---

① ［清］曹雪芹：《红楼梦》，第532—533页。

燕窝给她。由此可见，她在生活方面是克制而忍耐的。所以，当贾母来到潇湘馆，看到黛玉的窗纱就发现了问题，"颜色旧了"，这说明老人家心细如发，想借着这个由头，替这个颇为喜爱的外孙女撑腰，于是提出了换窗纱，并且要求用家里上等的纱来糊窗子。王熙凤虽是个八面玲珑的女子，但在这一刻，她没有及时感受到贾母的不满，可能也确实觉得用这种纱糊窗子有些可惜，所以把话头接过来，说要用这种纱做被子。贾母此时却没打算把这件事轻轻放过，对于自己的女儿留下的唯一的孩子，她还是打心底疼惜的，所以连消带打地数落了凤姐的不识货，并且道出了这些纱的原委，告诉众人，这不过就是比较上等的窗纱，至于做帐子、被子，只是额外之用罢了。这番话明面上说的是帐子，实际上说的是待人，是分寸。

　　当然，通过这一段落，我们也可以知道贾母的感知力果然不同寻常。黛玉身世凄凉，只有竹子的庭院合于她的心境，但太过清冷，贾母不忍心让这个女孩子所处的环境是没有一丝温情的。所以，她特地提出用如梦如幻的银红色"软烟罗"来做装饰，以暖色提亮空间，以材质的触感柔和空间体验，让居住其间的人感到愉悦适宜。可见，贾母是充分地理解了黛玉的心境，也是真正懂得如何借助色彩和材质营造适宜情境的。

念奴娇·赤壁怀古①

[宋] 苏轼

大江东去，浪淘尽、千古风流人物。故垒西边人道是，三国周郎赤壁。乱石穿空，惊涛拍岸，卷起千堆雪。江山如画，一时多少豪杰。

遥想公瑾当年，小乔初嫁了，雄姿英发。羽扇纶巾谈笑间，强虏灰飞烟灭。故国神游，多情应笑，我早生华发。人间如梦，一尊还酹江月。

▌阐述▌

黄州赤壁，位于古城黄州的西北边，因为有岩石突出，像城壁一般，颜色呈赭红色，所以被称为赤壁。因乌台诗案被贬谪来此的苏轼，留下了这首千古传诵的名作，虽然这里并非三国赤壁大战的发生地。滚滚而去的长江见证了峥嵘岁月中英雄与佳人的绝代风华，也让兀立江边、面对澎湃巨浪的词人仿佛回到了金戈铁马的战场，目睹惊才绝艳的周瑜指挥若定、以弱胜强的场景，感慨他在青春正盛时，能够实现自己的人生价值，继而感慨自己蹉跎岁月，华发早生。

---

① [清] 唐圭璋编：《全宋词》第1册，第363页。

在这首作品中，词人任凭想象驱遣，大开大合，气势如虹。宋人俞文豹《吹剑续录》中说："东坡在玉堂，有幕士善歌。因问：'我词比柳耆卿何如？'对曰：柳郎中词，只好十七八女郎，按执红牙板，歌'杨柳岸晓风残月'。学士词，须关西大汉，执铁绰板，唱'大江东去'。公为之绝倒。"①可见，苏轼对于这首词的气度格局颇为自得。站在读者的立场，我们不得不说，这首作品是典型的"心造万物"之作，眼前景被心中意重塑，构成了新的情境空间，后来者至此，可能更多地是受到词人情感的濡染，从而进入苏轼的心理世界。

---

① [清] 郑方坤：《全闽诗话》卷二，载 [清] 永瑢、纪昀等编《文渊阁四库全书》第 1486 册，第 80 页。

【名称】梅花蕉叶图
【年代】明
【作者】徐渭
【馆藏】故宫博物院

徐渭英才天纵，狂放不羁，他的画纵横冲折，独具风格。这幅画很能体现他的特色。画以浅墨铺底，有暮色苍茫之感，蕉叶与石头皆为白色，以虚化实，空灵俊逸。华琳《南宗抉秘》云："画中之白，即画中之画，亦即画外之画也。"① 画中的芭蕉怀抱梅花，这个意象与唐人王维的"雪里芭蕉"异曲同工。徐渭在画上的题句"芭蕉伴梅花，此是王维画"也说明他是以此画来比肩王维的。那么，这两位异代知己何以同样选择了看似不合理的意象组合呢？关于王维的雪里芭蕉，沈括《梦溪笔谈》引用张彦远的话说："王维画物，多不问四时，如画花，往往以桃杏芙蓉莲花同画一景。"② 王维如是作，源自他对禅宗思想的体悟。禅宗注重的是心体万物，打破常规，所以万象即心象，天机独运，无不可有。这一点，身为清代"扬州八怪"之一的金农颇有领悟。在《冬心先生杂画题记》中他说："王右丞雪中芭蕉，为画苑奇构。芭蕉乃商飙速朽之物，岂能凌冬不凋乎？右丞深于禅理，故有是画，以喻沙门不坏之身，四时保其坚固也。"③ 虽然有些过度解读，也算得其门径。徐渭之作，也当如是观。

① 王伯敏、任道斌：《画学集成》，石家庄：河北美术出版社，2002年，第702页。

② [唐] 王维：《王右丞集笺注》附录，载 [清] 永瑢、纪昀等编《文渊阁四库全书》第1071册，第367页。

③ [清] 金农：《冬心画谱》，济南：山东画报出版社，2010年，第117页。

⊰跟着案例说设计⊱

　　帕米欧疗养院出自现代建筑设计的先驱者——芬兰建筑师阿尔瓦·阿尔托之手，完成于 20 世纪 30 年代。它位于芬兰西南部的山丘中部，周围环绕着茂密的森林，远离城市的喧嚣。在设计时，设计师阿尔托与医生和心理学家进行了深入交流，同时结合自己在医院居住的经历，将患者的使用感受作为设计的首要元素。

　　建筑室内以白色为主色调，吊顶使用浅绿色，其反射下来的光线更加柔和。生动的浅绿色结合活力的灰绿、蓝绿色和乐观的黄色，能够对患者的心理产生积极的影响，因此常用在与康复、健康和生活方式有关的地方。公共区域容易发生危险的地方采用黄色引起注意，门上采用蓝色提示空间的转换，局部墙体采用橙色，在使室内空间简洁明快的同时，色彩更加丰富。病房内部延续了淡绿色的基调，桌面、天花板及床单采用柔和的浅色调，能使患者感到舒适、安静。考虑到肺病（当时主要是肺结核）病人的营养支持非常重要，为了增进患者食欲，厅内的桌椅采用了橙色。橙色会让人联想到橙子，与美味、食欲、爽口有天然联系，又兼具母爱的特质，给人亲切、坦率、开朗、健康的感觉，很适合餐厅的氛围。

　　阿尔瓦·阿尔托对光环境也特别重视，舒适的光线对于病人的心理觉醒、情绪唤起有非常重要的支撑作用。他使用了大面积的玻璃和白色饰面，充分利用自然采光，形成了通透明亮的室内空间。门厅的接待处使用流线型设计，部分屋顶处设置圆形天窗。病房建筑立面朝向为南偏东约 20°，且窗户非对称布置，从而保证上午室内阳光充足，同时在外部安置百叶窗，调节进入室内的阳光。室内灯具大多利用灯罩或屋顶的反射来照明，使空间中的光线更加柔和。病房中的灯位于床头上方，灯源底部被遮挡，从而有效避免躺在床上的患者感到眩光。如此种种，保证了病人住院过程中心境平和，促使他们快速康复。

游戏与日常

开宗明义

　　游戏是人类的本能，是人们探索世界，满足探索欲和好奇心，释放情感的一种方式，是一种对日常性的抽离和对峙。游戏化设计就是将游戏的动机、审美方式和激励机制引入设计，实现对用户体验的提升，强化产品的黏合性和趣味性。

🌸文学导引🌸

　　只见这几间房内收拾的与别处不同，竟分不出间隔来的。原来四面皆是雕空玲珑木板，或"流云百蝠"，或"岁寒三友"，或山水人物，或翎毛花卉，或集锦，或博古，或卍字卍(字)，各种花样，皆是名手雕镂，五彩销金嵌宝的。一槅一槅，或有贮书处，或有设鼎处，或安置笔砚处，或供花设瓶、安放盆景处。其槅各式各样，或天圆地方，或葵花蕉叶，或连环半璧。真是花团锦簇，剔透玲珑。倏尔五色纱糊就，竟系小窗；倏尔彩绫轻覆，竟系幽户。且满墙满壁，皆系随依古董玩器之形抠成的槽子。诸如琴、剑、悬瓶、桌屏之类，虽悬于壁，却都是与壁相平的。众人都赞："好精致想头！难为怎么想来！"

　　原来贾政等走了进来，未进两层，便都迷了旧路，左瞧也有门可通，右瞧又有窗暂隔，及到了跟前，又被一架书挡住。回头再走，又有窗纱明透，门径可行；及至门前，忽见迎面也进来了一群人，都与自己形相一样，——却是一架玻璃大镜相照。及转过镜去，益发见门子多了。贾珍笑道："老爷随我来。从这门出去，便是后院，从后院出去，倒比先近了。"

——《红楼梦》第十七回

大观园试才题对额　荣国府归省庆元宵①

---

① ［清］曹雪芹：《红楼梦》，第231页。

　　贾政的形象在小说中是比较呆板、严肃的，依据作者的描述，他自幼喜欢读书，本想从科举出身，最后却因为皇帝顾念旧臣，受了荫封出仕。自一出场，这个人物就自带威严，特别是面对贾宝玉这个不肯走"正途"、流连内帏的儿子，简直是恨铁不成钢。如果说，贾政还有可爱的一面，大约在这个场景中算是透露出些许。怡红院的布置极为精巧，在墙面上设置壁龛，将古董玩器嵌入；又用雕镂精细的木头隔板对房间做似断实连的分隔，让整个空间充满了"迷宫"一般的趣味感。壁龛早期是为宗教而设计的，专门用于摆放佛像，到了清代，贵族之家以此法装饰墙面，极大丰富了室内的空间信息，也增强了趣味性。隔断之法，灵活多变，古代建筑大多为院落的形式，外观封闭，内部开敞而富于变化。人们采用屏风、隔扇等方式增加内部空间的错落与层次，引导方位走向，增加空间的私密性。黛玉初入荣国府的时候，就被安置在贾母房间的碧纱厨内，既彰显了贾母对她的重视和喜爱，又让黛玉的起居具有相对的独立性。隔断的机动性很强，可以根据需要改变尺度、方位，让空间呈现多样性与通用性。

　　依照贾政一贯的表现状态，对于这种与读书人身份不吻合，过于精细的装饰，他通常会持否定的态度。他会对稻香村赞誉有加，认为这才是读书人应该住的房子。那么，为什么在这里，他不但没有批评，似乎还兴致勃勃呢？这大概就是"游戏"的力量了。这样的室内陈设让人产生了强烈的好奇心，这种好奇成了一种探索的内驱力，一种心理激励，增强了人的满足感。人在"游戏"的状态中，心态是松弛的，某种不确定性会让人情不自禁地沉浸其中。

❧ 经典回望：突破日常的心流 ❧

晚眺

[宋] 苏轼

长亭短景无人画，

老大横拖瘦竹笻。

回首断云斜日暮，

曲江倒蘸侧山峰。

‖ 阐述 ‖

　　这是历史上名气最大的一首神智体诗。这是一种近乎谜语的诗体，亦称形意诗、谜象诗，其主要特征是字形的变化。通过变换字形大小、粗细、长短，排列疏密，笔画增损、缺笔，位置高低，正反，颠倒，敧侧，反书，拆借，偏旁粗细，文字变形等方法形成异常外观，并以颜色的变化来设计，诗的内容因其设想新奇，能启人神智，故称神智体。宋代桑世昌《回文类聚》载："宋神宗熙宁间，辽使至，以能诗自夸。帝命苏轼为馆伴，辽使以诗诘轼，轼曰：'赋诗易事也，观诗难事耳！'遂作（神智体）《晚眺》诗以示之。……辽使观之，惶惑不知所云，自是不复言。"[1]由此可见，神智体诗不在于诗的意境、

---

[1] 王连起：《故宫苏轼主题书画特展里的文人画历史》，《光明日报》2020年12月26日，第10版。

江 首 老 亭

鞻 雲 荢 景

峰 暮 節 書

内容有多高妙，而在于通过设计的巧思让人产生联想，完成对诗歌内容的探索。从本质上来说，这是一种精致的文字游戏。苏轼这首诗，从内容上看没有什么值得讨论的，描述的是一个老人扶杖在江边长亭看夕阳渐渐沉入水中的场景，这其中也许有对时光的留恋，有对远人的思念……作为古典诗歌的常见主题和内容，如果不是采用这种设计形式，相信很快就会被历史的尘埃湮没。但这种新的诗体能让读者一边阅读，一边调动自己的经验展开联想，从字形、笔画等各角度进行猜测，最终组合成诗句，这种阅读过程充满了挑战与激励，让人欲罢不能。

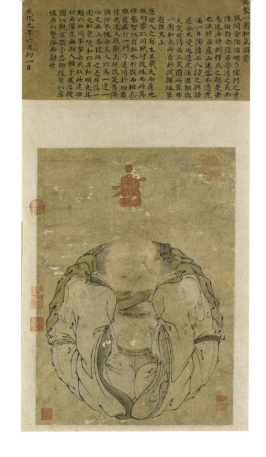

【名称】一团和气图

【年代】明

【作者】朱见深

【馆藏】故宫博物院

这幅画粗看似一笑面弥勒盘腿而坐，体态浑圆，细看却是三人合一。左为一着道冠的老者，右为一戴方巾的儒士，二人各执经卷一端，团膝相接，相对微笑，第三人则手搭两人肩上，手捻佛珠，是佛教中人。根据朱见深的题跋可知，晋朝高僧慧远，居住在庐山东林寺三十余年，送客从不过虎溪。一日，陶渊明与道士陆修静来访，临别慧远相送，不知不觉送过了虎溪，引起虎啸声声，三人相视大笑，世传为"虎溪三笑"。作品构思绝妙，人物造型诙谐，用图像的形式揭示了儒、释、道"三教合一"的主题思想。

❧ 跟着案例说设计 ❧

　　伦敦国际广告奖于 1985 年正式创立，每年的 11 月在英国伦敦开幕并颁奖，有近百个国家和地区参加，近年来报名作品均在万件以上。该奖项的分类最具特色，不仅在项目上分类细致，在设计包装、技术制作上也划分详尽，充分体现了该项评奖在创意概念、设计手法、技术制作等几方面齐头并重的特色。2002 年伦敦国际广告奖的电脑动画与家庭娱乐奖被授予了英国 Spectre Vision 公司为 Xbox 游戏机制作的广告。这个广告的主角是令人生厌的蚊子。当人们听到蚊子发出的嗡嗡声时，通常都会觉得十分厌烦，而这个广告的创作者别出心裁地为蚊子"正名"，记录了它们在丛林中飞舞时的声音以及自由舞动的状态，消解了人们的戒备和厌恶心理。接着该广告又拿此片段与蚊子叮咬人的情景做对比，同样的声音，让人产生了完全不一样的感受。最后，广告导出了自己的广告语——Life is short, play more（人生短暂，及时行乐），告诉人们游戏的重要性，顺便将产品送到了受众面前。这个广告的成功之处，不仅在于它选择了具有想象力的手法和具有视听冲击力的对象，还在于它的整个创意思维都是游戏化的，创意点确定、演示与表达、揭示答案的过程遵从了游戏设计的流程，因此，整个广告妙趣横生。

❧思维拓展❧

　　2024 年，兰卡斯特大学的研究人员对 Colossal Order 工作室开发的游戏《城市：天际线》进行了修改，利用研究团队开发的新映射技术，玩家可以在游戏中控制区域、公共服务和交通，规划未来的城市，沉浸在未来世界中。玩家可将真实世界的建筑和模型导入游戏中，以模拟现实城市并为规划提供信息：可以管理教育、警察和消防、卫生服务，甚至设定税收政策，以及其他现实模拟。玩家必须增加基础设施，管理电力、水资源，并仔细考虑社区需要什么。此举的目的是通过数字游戏让公众基于现实世界的某个地方"玩"真实世界的规划政策，从而与规划者对话，激发他们对城市规划的兴趣并提高参与度。研究团队在杂志 Acta Ludologica 上发表了一篇名为"基于游戏的世界构建：规划、模型、模拟和数字孪生"的开放获取文章，分享了他们的研究成果。这一模式正以"游戏工作坊"等形式展开测试，期待能让未来的城市规划走向民主化、互动化和智能化。"游戏"正在改变设计的思维与流程。

只是今人不知，误作俗字用了。

莫若『有凤来仪』四字。

丝垂翠缕，葩吐丹砂。

外景篇

人在景中，神与物游，
境随心迁，妙想天外。

想象与约束

开宗明义

　　想象力是设计师最好的伙伴，创意由此萌生，但想象力的发挥总会受到技术、材质、需求、认知等现实条件的约束。然而，约束也可以成为一种推动设计蜕变的力量，帮助设计师深入探索设计对象的体式规范和需求特征，成就经典。

❧文学导引❧

　　湘云笑道："这山上赏月虽好，终不及近水赏月更妙。你知道这山坡底下就是池沿，山坳里近水一个所在就是凹晶馆。可知当日盖这园子时就有学问。这山之高处，就叫凸碧；山之低洼近水处，就叫作凹晶。这'凸''凹'二字，历来用的人最少。如今直用作轩馆之名，更觉新鲜，不落窠臼。可知这两处一上一下，一明一暗，一高一矮，一山一水，竟是特因玩月而设此处。有爱那山高月小的，便往这里来；有爱那皓月清波的，便往那里去。只是这两个字俗念作'洼''拱'二音，便说俗了，不大见用，只陆放翁用了一个'凹'字，说'古砚微凹聚墨多'，还有人批他俗，岂不可笑。"林黛玉道："也不只放翁才用，古人中用者太多。如江淹《青苔赋》，东方朔《神异经》，以至《画记》上云张僧繇画一乘寺的故事，不可胜举。只是今人不知，误作俗字用了。实和你说罢，这两个字还是我拟的呢。因那年试宝玉，因他拟了几处，也有存的，也有删改的，也有尚未拟的。这是后来我们大家把这没有名色的也都拟出来了，注了出处，写了这房屋的坐落，一并带进去与大姐姐瞧了。他又带出来，命给舅舅瞧过。谁知舅舅倒喜欢起来，又说：'早知这样，那日该就叫他姊妹一并拟了，岂不有趣。'所以凡我拟的，一字不改都用了。如今就往凹晶馆去看看。"

——《红楼梦》第七十六回

凸碧堂品笛感凄清　凹晶馆联诗悲寂寞 ①

---

① ［清］曹雪芹：《红楼梦》，第1061—1062页。

▌阐述▌

黛玉和湘云关于"凹凸"的议论反映的是传统文学创作对遣词造句规范的看法。中国诗歌严于雅俗之辨。清人王士禛《香祖笔记》卷七云："予尝谓古人诗,且未论时代,但开卷看其题目,即可望而辨之。如魏、晋人制诗题是一样,宋、齐、梁、陈人是一样,初盛唐人是一样,元和以后又是一样,北宋人是一样,苏、黄又是一样。明人制题泛滥,渐失古意。近则年伯、年丈、公祖、父母,俚俗之谈,尽窜入矣,诗之雅俗,又何论乎。"①可见,辨雅俗的目的是确保诗歌符合文本的规范,也符合人们的心理期待。从林黛玉和史湘云的对话看,这两位主人公的确有着不同寻常的艺术修养,她们对于雅俗别具只眼。在湘云看来,"凹""凸"二字虽然前人用得少,而且俗读的发音比较粗鄙,但这并不影响这两个字作为轩馆匾额的合理性,因为它们恰如其分地展现了人们在这两处玩月赏水所获得的视觉体验,想象力在设计中超越了习见的价值评判标准。而作为匾额的实际题写人,黛玉对用词问题的考虑显然比湘云更深一层。她指出,这两个字在古书中应用广泛,如江淹《青苔赋》里就用过:"悲凹险兮,惟流水而驰骛。"另外,这些字还见于《神异经》和《画记》中,这种强调了"无一字无来处"的做法不仅体现了黛玉渊博的学识,而且表达了她的创作观——尊重规范,想象力的发挥、创意点的发露均受到规范的约束,这才能做到化俗为雅。

---

① [清]王士禛撰:《香祖笔记》卷七,载[清]永瑢、纪昀等编《文渊阁四库全书》第870册,第475页。

中国艺术一直是严于"辨体"的，明人徐师曾有《文体明辨》"序说"中云："夫文章之有体裁，犹宫室之有制度，器皿之有法式也。"①他编选这个文集的目的就是要"假文以辨体"②，本意在于借选文章，以明文体。徐师曾的文体观，核心是讲"体制"，区分"正""变""古""俗"，体现了他文体崇雅正、黜流俗的观念。辨体的根本在于立标准，目的在于让后来的创作者"从心所欲不逾矩"。

规矩是体式的重要组成部分。刘勰《文心雕龙》中说："夫神思方运，万涂竞萌。规矩虚位，刻镂无形。登山则情满于山，观海则意溢于海；我才之多少，将与风云而并驱矣。"③其中就讲到在创作开始，内容的酝酿过程中就需要加以"规矩""刻镂"，这样的作品才能够情感想象与文体规范并重，体严而思畅。

在设计中，规范的重要性不言自明。无论是平面设计还是环境设计、交互设计，都有一套广为认可的规范，依此便可基本保证设计任务符合受众的认知需求。当满足规范以后，想象力是打动受众最大的亮点，保证了设计的差异感和显著性。

① [明]徐师曾编：《文体明辨》"序说"，清乾隆十二年（1747年）刻本，美国：加州大学伯克利分校东亚图书馆藏，第3—4页。

② 同上书，第5页。

③ [南朝·宋]刘勰：《文心雕龙》卷六，载[清]永瑢、纪昀等编《文渊阁四库全书》第1478册，第39页。

旅夜书怀

[唐] 杜甫

细草微风岸，危樯独夜舟。

星垂平野阔，月涌大江流。

名岂文章著，官应老病休。

飘飘何所似，天地一沙鸥。

▋ 阐述 ▋

这首诗是杜甫诗中的名作。诗人乘舟而下，月夜孤舟，江岸草细，苍茫天地之间，唯有孑然一身。当是时，月随波涌，星光笼罩原野，静美高阔，映衬着诗人的影子，越发孤寂。颈联是作者的牢骚，文章盖世又如何？施展抱负依靠的从来不是才华，年华老去，只落得被弃置的命运。尾联无比感伤，作者说自己这一生，无所归依，仿佛飘零于天地间的沙鸥。映衬着前文中雄奇阔大的背景，这个沙鸥的意象充满了悲剧感。

在这首诗中，作者法度精严，用字极为讲究，但法度之外，依旧思力纵横。明人谢榛《四溟诗话》卷一中说"子美'星垂平野阔，月涌大江流'，句法森严，'涌'字尤奇"①就肯定了诗人在遣词造句方面两者兼顾的特点。清人沈德潜《唐诗别裁》说"胸怀经济，故云名岂文章而著，官以论事罢而云老病应休，立言之妙如此"②更是将这一特点阐述得淋漓尽致。

前人评唐诗，常常论及李白、杜甫的差异。白居易《与元九书》有曰"唐兴二百年，其间诗人不可胜数……又诗之豪者，世称李、杜……杜诗最多，可传者千余首。至于贯穿古今，觇缕格律，尽工尽善，又过于李然"③，表明在中唐时人看来，杜甫超越李白的地方在于严格律，谨法度。明人王穉登《合刻李杜诗集序》有曰"诗者有云：'供奉之诗，仙；拾遗之诗，圣。'圣可学，仙不可学。亦犹禅人所谓'顿''渐'。李顿而杜乃渐也"④，则说出了李白与杜甫的最大差异，李白天纵之才，妙在无拘无束，但无法复刻，杜甫才性和法度相合，所以可以成为效法的对象。这一观点也说明了在古人看来，法度作为一种约束力实则保证了创作者的"底线"，而想象力则是创作者对庸常的超越。

① 王云五主编：《丛书集成初编本》第 2851 册，上海：商务印书馆，1937 年，第 17 页。

② [清]沈德潜编：《注解唐诗别裁》卷十，富春堂版清道光十六年（1836 年）刻本第 6 册，第 148 页。

③ [宋]李昉等编：《文苑英华》卷六百八十一，载[清]永瑢、纪昀等编《文渊阁四库全书》第 1339 册，第 449 页。

④ [唐]李白：《李太白集注》卷三十三，载[清]永瑢、纪昀等编《文渊阁四库全书》第 1067 册，第 585 页。

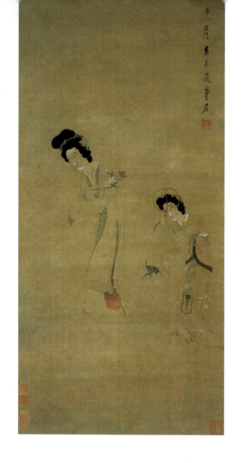

【名称】扑蝶仕女图

【年代】明

【作者】陈洪绶

【馆藏】上海博物馆

陈洪绶善画人物，笔法工细，衣纹线条细劲清圆，富有装饰性。这幅画描摹了女子扑蝶场景，画中人的发髻、服饰无不精美，符合时代特征，飞入画面的蝴蝶触须、花纹栩栩如生，显示了作者工笔技法的高度娴熟。人物背景大面积留白颇耐人寻味，让观者可以自由想象：这场美好的游戏究竟是发生于姹紫嫣红的庭院、明媚精雅的园林，还是山明水秀的郊野……想象帮助画面拓展了意境，增强了观者与作品的情感互动。

❦ 跟着案例说设计 ❧

　　智利圣地亚哥的梅斯蒂索餐厅坐落在一处公园的一角，紧临生活区，公园的景色和西边起伏的大型城市绿地都成了餐厅的背景。场地北高南低，高差约一层楼。与高处平齐的黑色混凝土梁撑起屋顶，结合PVC膜材，在保留自然采光的同时为室内遮风挡雨。混凝土梁形状规整，与下方起承重作用的大块花岗岩原石形成材质和造型上的对比。这些石块形态各异，高矮不一，分散在餐厅各处，展现出了自然气息和很高的自由度。设计师拉蒂奇是实验建筑的爱好者，他从大卫·霍克尼的画、王尔德的文学作品、柯布西耶的书里汲取灵感，通过模型制作的方式，试验各种建筑造型。同时，他还是个非常理性的设计师，在实际项目中充分考虑实用性需求，对空间功能的考虑也细致、严谨，将想象力与规范进行了完美结合。

　　《大河之舞》是爱尔兰国宝，世界顶级演出之一，百老汇最负盛名的踢踏舞剧，其故事情节包含了凯尔特人神话故事与爱尔兰历史，以及北美的爱尔兰移民的故事。整部舞剧架构宏大，传奇意味强烈。其中让人印象最深刻的段落是上千次的踩踏击打，简单明快，激情澎湃，整齐划一。请结合这部舞剧的经典场景，讨论在你的印象中哪位设计师的作品与其风格最为吻合。

天工与人力

开宗明义

人力合于天工是文字的最佳境界，也是设计追求的"化境"。天工，意味着形与势；人力，包含了技与智，两者的遇合就是设计之"道"。道为根本，以道引器；器为呈现，以器载道。

❀文学导引❀

说毕，在前导引，大家攀藤抚树过去。只见水上落花愈多，其水愈清，溶溶荡荡，曲折萦迂。池边两行垂柳，杂着桃杏，遮天蔽日，真无一些尘土。忽见柳阴中又露出一个折带朱栏板桥来，度过桥去，诸路可通，便见一所清凉瓦舍，一色水磨砖墙，清瓦花堵。那大主山所分之脉，皆穿墙而过。

贾政道："此处这所房子，无味的很。"因而步入门时，忽迎面突出插天的大玲珑山石来，四面群绕各式石块，竟把里面所有房屋悉皆遮住，而且一株花木也无。只见许多异草：或有牵藤的，或有引蔓的，或垂山巅，或穿石隙，甚至垂檐绕柱，萦砌盘阶，或如翠带飘飘，或如金绳盘屈，或实若丹砂，或花如金桂，味芬气馥，非花香之可比。贾政不禁笑道："有趣！只是不大认识。"有的说："是薜荔藤萝。"贾政道："薜荔藤萝不得如此异香。"宝玉道："果然不是。这些之中也有藤萝薜荔。那香的是杜若蘅芜，那一种大约是茝兰，这一种大约是清葛，那一种是金簦草，这一种是玉蕗藤，红的自然是紫芸，绿的定是青芷。想来《离骚》、《文选》等书上所有的那些异草，也有叫作什么藿蒳姜荨的，也有叫作什么纶组紫绛的，还有石帆、水松、扶留等样，又有叫什么绿荑的，还有

什么丹椒、蘼芜、风连。<u>如今年深岁改，人不能识，故皆像形夺名，</u><u>渐渐的唤差了，也是有的。"</u>

——《红楼梦》第十七回

大观园试才题对额　荣国府归省庆元宵^①

▌阐述▐

　　这是小说中很好玩的一段文字，好玩之处就在于贾政截然相反的两句评论："无味的很"和"有趣"。无味，源于贾政对后来被命名为"蘅芜苑"的那处建筑的初印象。从小说的描述看，这处建筑在曲径通幽之处。"只见水上落花愈多，其水愈清，溶溶荡荡，曲折萦迂"，这是进入蘅芜苑之前众人所见，有着古典文化阅读经验的人很容易因此想起陶渊明的《桃花源记》中的意境："夹岸数百步，中无杂树，芳草鲜美，落英缤纷。"^② 这就构成了众人的心理期待，希望走进一处别有洞天的空间。但是，眼前呈现的建筑显然

---

① ［清］曹雪芹：《红楼梦》，第226—227页。

② ［晋］陶潜：《陶渊明集》卷五，载［清］永瑢、纪昀等编《文渊阁四库全书》第1063册，第512页。

71

不符合人们的期待。它是中规中矩的，青色的屋瓦配合花窗，墙砖平滑干净，几乎挑不出一点儿毛病，但也没有任何可以令人耳目一新的创意点。仔细想来，这与房子后来的主人薛宝钗安分守己、规行矩步的风格是非常接近的，也算作者埋下的一个隐喻。对着这个建筑，贾政的直接反应是"无味"。虽然，贾政素来以读书人自况，讲究中正平和，但不可否认的是，他有着不俗的艺术修养，所以他评点宝玉为大观园所题写的匾额诗句，每每切中肯綮。在贾政看来，这个毫无特点的建筑既无法代表贵族之家的雍容大雅，又缺乏书香世家的高贵清华，其无法辨识特征的平庸让人觉得缺乏情致趣味。

那么，进了院子以后，贾政为何会很快改变态度，大赞"有趣"呢？这是因为院子里遍植芳草，香气馥郁，与寻常园林以花木为装点的风格形成了巨大差异。从《楚辞》时代开始，芳草在中国文化中就不是单纯的植物，它带有明确的人格象征。所谓"香草美人"以喻君子，贾宝玉也用《离骚》《文选》中的典故来解释这些草的名字，可见这种观念深入人心。因为这样的文化传统，种满芳草的院子有了一种"尚德"的意味，不仅环境氛围让人舒适，而且具备强烈的心理暗示，因此趣味性便得到了体现。蘅芜苑的匾额被题为"蘅芷清芬"，典出晋人陆机《文赋》中的"咏世德之骏烈，诵先人之清芬"①，更是将这篇以芳草喻德行的文章做足了。

<hr />

① ［梁］萧统：《文选》卷十七，载［清］永瑢、纪昀等编《文渊阁四库全书》第1329册，第289页。

草木本是天然之物，带着自然的气息，种花莳草，配置植物是园林设计中不可或缺的一环。从小说中看来，作者显然深谙此道。采用"先抑后扬"的手法，让读者随着游览者移步换景，经历从"无味"到"有趣"的心理变化，强化了此处植物配置的意义，也为小说后续的情节发展做了铺垫。

其实，《红楼梦》中不独蘅芜苑，潇湘馆的竹子、稻香村的庄稼、栊翠庵的红梅、秋爽斋的梧桐都带有人格暗示，也贴合主人公的个性特点。植物的自然特点给建筑带来了鲜明的识别度和特殊的情绪感染力，这样的设计正体现了天工人力的巧妙配合。

鹧鸪天·游鹅湖醉书酒家壁 ①

[宋] 辛弃疾

春日平原荠菜花。新耕雨后落群鸦。

多情白发春无奈，晚日青帘酒易赊。

闲意态，细生涯。

牛栏西畔有桑麻。

青裙缟袂谁家女，去趁蚕生看外家。

‖ 阐述 ‖

　　这是一首描绘初春田园风情的作品，作者在鹅湖饮醉后题书于酒店壁上。作品读来清新自然，有着泥土的芳香，也流动着淡淡的温情。上片首两句写春天初至，田野上荠菜开出了白色小花，春雨过后，新翻的泥土里群鸦散落。这是一个充满生机的田园，一切都是新生的，美好的。虽然看到这样的景色让稼轩有一些伤感，年华老大，青春无踪，生命里最美好的一切永远不会再回来，但是这种伤感一闪而过，乡间赊酒方便，可以借酒忘忧。过渡到下片，我们

① ［清］唐圭璋编：《全宋词》第 3 册，第 2450 页。

已经看不到忧愁的踪影了。词人写农人的闲适，有耕有织，也有人情味：农家女趁生蚕之前的闲暇回娘家一趟。这个细节很好地传递了乡间生活的温情与美好。中国文人的心中都有一片自己的田园，忙碌时寄予遐想，失意时安放肉身，身居高位时，也当成心头一颗鲜红的朱砂痣，是终身不能忘却的向往。稼轩亦如此。词的自然之处在于以白描之法描绘春景、春忙，不事雕琢，淳朴流畅，而工巧之处在于，整个词境内蕴一片青碧之色。从首句的"荠菜花"铺满平原开始，这一片生机勃勃的色彩便扑面而来，此后作者写了青色的酒帘摇荡于春风之中，郁郁葱葱的桑麻长满房前屋后，连女孩子的裙子都是青色的，与春天的气息那么吻合。虽然表面上，作者并没有重点铺排颜色，但这种细腻深入的笔法让整首作品的明度和彩度丰盈饱满。

【名称】看泉听风图
【年代】明
【作者】唐寅
【馆藏】南京博物院

在山水画中，"听泉"是很多画家青睐的题材。身在山林，听松风，看流泉，思接千载，神与物游，一派隐逸气象。唐寅此画也不例外。他采用半边式构图，刻意留出想象空间，使空与满形成了充分的对峙，让画面有很强的层次感。画中树木姿态虬曲，枝叶若临风摇曳，别具动态，将无形之风以有形的视觉形象表达出来；山石硬挺，又如刀斧劈出，增强了画境的清刚之气。画上有诗曰："俯看流泉仰听风，泉声风韵合笙镛。如何不把瑶琴写，为是无人姓是钟。"表达了作者对风声泉音这些自然之声的音律之美的欣赏，也传达了他在模山范水的背后，对知音难求的慨叹。

跟着案例说设计

　　Panyaden 国际学校体育馆由 Chiangmai Life Architects & Construction 事务所设计，是距清迈市中心 15 分钟车程的佛教小学中的一个竹构建筑。建筑的主体是一个 17 米长的巨大竹桁架预制结构，3 层屋顶的外部覆盖着木瓦，柔和的线条和曲面造型源于佛教莲花的花蕾，象征着纯净和圣洁。

　　设计师秉持可持续性设计理念，顺应学校"绿色"的文化观，选用了天然且有抵御飓风的能力，并在一定程度上能承受该地区地震带来的破坏力的竹子作为材料。经过硼砂盐防腐剂处理的竹子，其结构可以保持 50 年之久。屋顶结构的缝隙和开放式的空间可以提供自然通风，确保温度适宜，无须人工空调。竹子除了具有营造意境氛围、低成本、绿色低碳等优点外，形态上也千变万化，能够很好地融入周边环境，不造成冗余环境压力，体现了传统文化与当代科技的融合。

经验与陌生

开宗明义

　　陌生化不是否定经验，而是在理解经验所达的边界和经验包含的期待的基础上，以超越经验的表现形式实现期待效应。陌生化设计最成功之处在于超以象外，得其环中。

❦文学导引❧

　　贾政先秉正看门。只见正门五间，上面桶瓦泥鳅脊；那门栏窗槅，皆是细雕新鲜花样，并无朱粉涂饰；一色水磨群墙，下面白石台矶，凿成西番草花样。左右一望，皆雪白粉墙，下面虎皮石，随势砌去，果然不落富丽俗套，自是欢喜。遂命开门，只见迎面一带翠嶂挡在前面。众清客都道："好山，好山！"贾政道："非此一山，一进来园中所有之景悉入目中，则有何趣。"众人道："极是。非胸中大有邱壑，焉想及此。"说毕，往前一望，见白石崚嶒，或如鬼怪，或如猛兽，纵横拱立，上面苔藓成斑，藤萝掩映，其中微露羊肠小径。贾政道："我们就从此小径游去，回来由那一边出去，方可遍览。"

　　说毕，命贾珍在前引导，自己扶了宝玉，逶迤进入山口。抬头忽见山上有镜面白石一块，正是迎面留题处。贾政回头笑道："诸公请看，此处题以何名方妙？"众人听说，也有说该题"叠翠"二字，也有说该提"锦嶂"的，又有说"赛香炉"的，又有说"小终南"的，种种名色，不止几十个。

79

原来众客心中早知贾政要试宝玉的功业进益如何，只将些俗套来敷衍。宝玉亦料定此意。贾政听了，便回头命宝玉拟来。宝玉道："尝闻古人有云：'编新不如述旧，刻古终胜雕今。'况此处并非主山正景，原无可题之处，不过是探景一进步耳。莫若直书'曲径通幽处'这句旧诗在上，倒还大方气派。"

——《红楼梦》第十七回

大观园试才题对额　荣国府归省庆元宵 [①]

▌ 阐述 ▌

　　"陌生化"（defamiliarization）是由 20 世纪初俄国形式主义者什克洛夫斯基提出的文学理论。所谓陌生化就是"使之陌生"，就是让审美主体跳出日常生活的习惯化感知，即使面对习以为常的事物也能有新的发现，增加审美快感陌生化的意义就在于出人意料的变化带来的新奇的体验感。这个观念的产生可以追溯到亚里士多德，他在《修辞学》[②] 中强调应给平常的事物赋予一种不平常的气氛，因为在他看来，诗歌当中的人物和事件都和日常生活隔得较远，将平常熟悉的事物变得不寻常和奇异，才能使风格不致流于平淡，使

---

①　[清]曹雪芹：《红楼梦》，第218—219页。

②　[古希腊]亚里士多德：《修辞学》，蓝纯、高秀平、王强译，北京：外语教学与研究出版社，2011年。

观众有惊奇的快感。

那么如何唤起"新奇感"呢？什克洛夫斯基在《作为手法的艺术》①中说，对熟悉的事物，主体仅仅是机械地应付它们，艺术则是要克服这种知觉的机械性，艺术的存在是为了唤醒主体对生活的感受。在他看来，艺术与日常生活的差异在于，在艺术体验中，熟悉的事物变得形式模糊，难以认知。相对于经验和习惯，它产生了扭曲变形，进而瓦解了常规，使人们获得意识的升华机会。陌生化的过程是一种复杂的创造过程，是违背常理常情的变形。原有秩序被打破，原有的期待转化为新奇与亢奋。如《旧唐书》卷九十《杨再思传》说："又易之弟昌宗以姿貌见宠幸，再思又谀之曰：'人言六郎面似莲花；再思以为莲花似六郎，非六郎似莲花也。'其倾巧取媚也如此。"②历来，评价人的容貌，以花喻人是常情，但杨再思以人喻花，强化了张昌宗的容貌之美，跳出了传统比喻的窠臼，这就是一种"陌生化"。

另一种陌生化源于对传统意象的再定义。比如，北宋著名的诗僧孤山智圆，他非常善于赋予习见物象出人意料的表达形式和精神内涵，使之呈现出生涩瘦硬的美感，也善于在看似平淡家常的物象背后体察出被忽略的诗意。

---

① 凌继尧编：《苏联美学思想简史（1917—1932）》，北京：文化艺术出版社，1980 年，第 334—342 页。

② [后晋] 刘昫：《旧唐书》卷九十，载 [清] 永瑢、纪昀等编《文渊阁四库全书》第 270 册，第 86 页。

如其《戏题四绝句》（卷五十）以"鹤、鹿、犬、鸡"四种禽兽为对象，作"禽言诗"，看似诙谐，细细品味则颇有锋芒。"诗序"中说："昔者乐天为八绝，盖陈乎鹤鸡乌鸢鹅赠答之意，故吾得以效颦焉。噫，亦有所儆，非直以文为戏云耳。"足见，他是有意借游戏形式抒发感触的。诗云：

鹤自矜

紫府青田任性游，一声清唳万山秋，

仙材况有千年寿，鹿犬凡鸡岂合俦。

鹿让鹤

身有素斑文既备，顶峨双角武仍全，

我兼文武为时瑞，汝但白身空有年。

犬争功

雪毳文毛虚有表，防奸御寇且无功，

中宵谁解频频吠，庭皎秋蟾树袅风。

鸡怨言

三个因何各自强，竟夸己德掩他长，

冥冥风雨茆堂闭，至竟谁先报晓光。①

这组诗抓住了四种动物各自的特点——鹤唳万山，鹿呈祥瑞，犬心警惕，鸡鸣报晓，予以刻画，以四者的互不相让，彰显物象自身个性；以四者相互嘲戏，透露出作者的价值观以及对生命的态度。鹤是中国诗歌中常见的意象，通常带着清高脱俗、隐逸山林的意味。

---

① [宋]智圆：《闲居编》卷五十，载《续藏经》第101册，台北：新文丰出版公司，1976年，第210页。

在第一首绝句中，智圆显然遵从了这一意象固有的文学语义，张扬了鹤的身份。然而，作者的高明之处在于运用了似褒实贬的手法，以"自矜"称之，显然这种清高出世，仅追求一己身心愉悦和解脱的做法并未得到智圆的认同。第二首，作者让鹿来责备鹤，鹿在传统文化中是祥瑞的代表，接受度不低于鹤。鹿称自己文武兼备，而且被视为祥瑞，身份远高于鹤。这番议论与中国文人"山林"与"庙堂"之争非常相似。鹤是隐士的代表，鹿是入世的象征。各执一词的争论也是中国文化中"仕"与"隐"这组传统矛盾的体现。

相比于鹤、鹿，犬和鸡的形象平凡了许多，通常只出现于田园诗中，作为表现宁静乡村生活的象征。然而，在智圆笔下，这两者得以与鹤、鹿同列，且得到了作者更多的认同与表扬。犬说鹤与鹿空长着漂亮的羽毛和花纹，却不能发挥"防奸御寇"之功，还不如自己能够看家护院。仔细品味，这一责备，不正是对那些自命不凡却空谈误国之辈的嘲讽吗？智圆虽是僧人，但显然不是一个忘怀了家国天下的僧人。在他的心目中仍然带有传统儒家知识分子的使命与责任感，所以诗中体现了他对"事功"的认同。尽管犬有功绩，但鸡更胜一筹："冥冥风雨茆堂闭，至竟谁先报晓光。"这一句让人想起《诗经·郑风·风雨》中"风雨如晦，鸡鸣不已"的名句，天地昏暗，风雨不息，在这片令人绝望的幽暗中，鸡鸣具有震动人心的力量，代表着希望与新生。智圆为鸡赋予了觉醒者的身份，结合作者的身份与经历，这似乎也意味着在儒家思想规范之上，智圆更看重的"心性"具有冲破现实遮蔽，自觉觉人的力量。这一组诗表现对象平淡家常，但意象转化含义隽永，不落窠臼，是非常有典型性的"陌生化"手法。

回到《红楼梦》，在这一段落中，作者借助为假山石题名这一情节充分展现了他对"陌生化"的理解。"叠翠""锦嶂""赛香炉""小终南"等都是常见的用于园林假山的名字，美则美矣，识别度却非常低，缺少新鲜感，所以各位清客以此来为宝玉的题名做铺垫。这块山石最后被题为"曲径通幽处"，这个写法其实也颇令人费解，因为，这是一句熟句，似乎并没有太多新鲜感。那么作者为什么要用这一句呢？因为在他看来，陌生并非纯然与经验为天敌，而是转化经验，使其翻新出奇。比如，这块石头，它不是假山的正景，如果赋予它一个独立的名字，非但不容易让人印象深刻，而且还会喧宾夺主。因此，与其从山石的形态、材质等角度入手命名，不如把视角放在这块山石与园林的关系上，这个视角本身就超越常规。这样一来，前人陈句的化用反而有一种出人意表之感。其实，这与前文所讲的"以人比花"和"以花比人"有异曲同工之妙，是经验的反转变形。

水龙吟·题瓢泉 ①

[宋] 辛弃疾

稼轩何必长贫，放泉檐外琼珠泻。乐天知命，古来谁会，行藏用舍。人不堪忧，一瓢自乐，贤哉回也。料当年曾问，饭蔬饮水，何为是、栖栖者。

且对浮云山上，莫匆匆、去流山下。苍颜照影，故应流落，轻裘肥马。绕齿冰霜，满怀芳乳，先生饮罢。笑挂瓢风树，一鸣渠碎，问何如哑。

▎阐述▎

这首词带有很明显的稼轩词的特色：以文为辞，用问答体。词的起句，作者自问自答：稼轩为什么贫穷呢？明明门外有珠玉流淌的泉水。这句话一方面引起了读者的兴致，另一方面很形象地勾勒了瓢泉的美好。接下来几句，作者议论风生，借用儒家经典的典故与话头展现了自己对安贫乐道生活的追求，并且借用颜回的形象来传达自己的心声，塑造了一个格物体道的隐者。词的下阕回到瓢泉本身，从泉水中照见自身憔悴，感叹年华流逝；又描述泉水甘冽，

---

① [清]唐圭璋编：《全宋词》第3册，第2444页。

仿佛可以洗涤身心。词人用许由的典故既解释了"瓢泉"名字的来源，又传达了自己不平则鸣的倔强个性。本词大量化用经史中的典故并借用其陈句，使词的节奏感和语义表达产生了一定的陌生化，也增强了表情达意的厚重感。问答形式的合理应用如友朋促膝，亲切自然。

【名称】布袋和尚图
【年代】宋
【作者】梁楷
【馆藏】上海博物馆

布袋和尚，名契此，唐末至五代后梁时期明州奉化（现浙江省宁波市奉化区）僧人，号长汀子。他整日袒胸露腹、笑口常开，而且能言晴雨祸福，早年在奉化岳林寺出家，后在雪窦寺弘法，深受民众喜爱。他在圆寂时留下偈子："弥勒真弥勒，分身千百亿，时时示时人，时人自不识。"①因此，后来被传为弥勒菩萨化身。这张画寥寥数笔，神态活现，既有玩世的态度，又显示出其宽厚、仁慈、悲天悯人的一面，非常贴合人物形象。画家采用了"减笔"画法，重神不重形，在宋代佛教题材绘画中属于标新立异的一派。同时，这个形象对后世的弥勒造像也有一定影响。

---

① [宋]罗浚：《宝庆四明志》卷十五，载[清]永瑢、纪昀等编《文渊阁四库全书》第487册，第250页。

❧ 跟着案例说设计 ❧

　　曼哈顿高线公园位于美国纽约曼哈顿中城西侧，是对废弃铁路线进行改造的经典案例。设计师巧妙地利用铁路的线性结构打破传统公园的空间理念，以不间断的形态横向切入多变的城市景观，高出地面9米的空中步道让人们有机会换一个角度观察城市，欣赏景色，重新审视人与城市、与生活的关系。园内植物保留了原本在铁轨上自然生长的野生花草，目的是再现铁路因为长期被弃置而形成的历史感，让人们认识到"废弃之美"。这种超越常规的设计手法，以"求异"为目标，一改常规思维过于局限和固化的弊病，从定式中寻觅多元突破，实现了"反常合道"。

槛内与圈外

开宗明义

　　"圈"是一种保护，一种认同，一种共同价值观的彼此肯定。"破圈"，意味着自我突破，挑战新领域，构建新思维，开展新探索，充满机遇，更充满挑战。破圈的根本在于拥有丰厚的知识储备、持续学习的能力和动力，以及足够的自信与创造力。

❀文学导引❀

忽抬头看见前面一带粉垣，里面数楹修舍，有千百竿翠竹遮映。众人都道："好个所在！"于是大家进入，只见入门便是曲折游廊，阶下石子漫成甬路。上面小小两三间房舍，一明两暗，里面都是合着地步打就的床几椅案。从里间房内又得一小门，出去则是后院，有大株梨花兼着芭蕉。又有两间小小退步。后院墙下忽开一隙，得泉一派，开沟仅尺许，灌入墙内，绕阶缘屋至前院，盘旋竹下而出。贾政笑道："这一处还罢了。若能月夜坐此窗下读书，不枉虚生一世。"说毕，看着宝玉，唬的宝玉忙垂了头。

众客忙用话开释，又说道："此处的匾该题四个字。"贾政笑问："那四字？"一个道是"淇水遗风"。贾政道："俗。"又一个是"睢园雅迹"。贾政道："也俗。"贾珍笑道："还是宝兄弟拟一个来。"……宝玉见问，答道："都似不妥。"贾政冷笑道："怎么不妥？"宝玉道："<u>这是第一处行幸之处，必须颂圣方可。若用四字的匾，又有古人现成的，何必再作。</u>"贾政道："难道'淇水''睢园'不是古人的？"宝玉道："这太板腐了。<u>莫若'有凤来仪'四字。</u>"众人都哄然叫妙。

——《红楼梦》第十七回
大观园试才题对额 荣国府归省庆元宵①

---

① [清]曹雪芹：《红楼梦》，第221—222页。

▌阐述▐

　　小说中的这个情节可以与上一节引用的内容同看。贾政诸人在大观园中四处游览，来到了后来被称为潇湘馆的地方。此处翠竹千竿，有泉水盘旋于竹根之下，清雅非常，很令贾政喜欢。但是，对于此处的题名，大家又进行了一番讨论。有人提出了"淇水"和"睢园"两个名称，应当说都非常贴合场景。前者出于《诗经·淇奥》："瞻彼淇奥，绿竹猗猗……有匪君子，如切如磋，如琢如磨。"① 诗分三章均以"绿竹"起兴，借绿竹的挺拔、青翠、浓密来赞颂君子的高风亮节，开创了以竹喻人的先河，表彰了"君子"的仪容与品德之美。后者指的是梁园，始建于西汉，位于西汉梁国都城睢阳。梁园是梁孝王刘武营造的规模宏大的皇家园林。《史记》称梁孝王："筑东苑，方三百余里，广睢阳城七十里，太治宫室，为复道，自宫连属于平台五十余里。""诸宫观相连，奇果佳树，瑰禽异兽，靡不毕备。"② 《西京杂记》记载："梁孝王好营宫室苑囿之乐，作曜华之宫，筑兔园，园中有百灵山，山有肤寸石、落猿岩、栖龙岫，又有雁池，池间有鹤洲、凫渚，其诸宫观相连，延亘数十里。"③ 人们对梁园有一个很深刻的

---

① [汉]郑玄笺，[唐]陆德明音释，[唐]孔颖达疏：《毛诗注疏》卷五，载[清]永瑢、纪昀等编《文渊阁四库全书》第 69 册，第 249 页。

② [唐]张守节：《史记正义》卷五十八，载[清]永瑢、纪昀等编《文渊阁四库全书》第 247 册，第 656—659 页。

③ [汉]刘歆：《西京杂记》卷二，载[清]永瑢、纪昀等编《文渊阁四库全书》第 1035 册，第 11 页。

印象，就是竹荫蔽日，后人对此情景多有记载。唐人王勃《滕王阁序》中便有"睢园（梁园）绿竹，气凌彭泽之樽"[①]之句。无论从字面意思还是从文化内涵来说，以这两个典故为此处庭院命名，都无不妥。

那么，贾政为什么会评价为"俗"呢？这是因为，这些匾额太过于就事论事，受到了传统经验的束缚，所以只看到了建筑表面的特点，而没有真正思考这处建筑在整体园林中的意义，更没有去思考这座园林存在的首要作用在于"省亲"，所有的匾额和环境设置都是为了表达对这个建设目的的重视，进而传达出对皇室的敬意，因此，清客们的题名就显得格局不够了。贾宝玉没有被一地一景所局限，而是站在整个省亲事件观察者和体验者的角度展开思考。在他看来，此地是"第一处行幸之处"，要把"颂圣"的文章做足。"有凤来仪"是个很漂亮的名字，典出《尚书·益稷》"箫韶九成，凤凰来仪"[②]，凤凰是吉祥的象征，代表着皇室的荣耀，体现了元春尊崇的地位。《尚书》又是儒家"五经"之一，这样的出典堂皇正大，符合皇室巡幸之所的身份。同时，贾宝玉对《庄子》非常熟悉，小说第二十二回"听曲文宝玉悟禅机"中，因为史湘云的无心之语，把林黛玉比作戏子，宝玉两边调和两边都不讨好[③]，他读《庄子·列

① ［唐］王勃：《王子安集注》卷八，上海：上海古籍出版社，1995年，第232页。

② ［唐］孔颖达疏：《尚书注疏》卷四，载［清］永瑢、纪昀等编《文渊阁四库全书》第54册，第107页。

③ ［清］曹雪芹：《红楼梦》，第295—296页。

御寇》，"巧者劳而智者忧，无能者无所求，饱食者邀游，泛若不系之舟"①，深有感触，就是佐证。因此，他在题匾额时自然地想起了《庄子》中的典故，在《庄子·外物》中说凤凰"非练实（竹实）不食"②，所以，"有凤来仪"也隐含着凤凰与竹子的关系，与庭院景物相得益彰。

宝玉题匾的成功源于他对儒道两家经典的熟悉，更源于他的"破圈"。作为贵族子弟，自幼受儒家传统教育，不管他天性如何跳脱，他的认知中必然烙下了儒家文化的底色。但是他自幼受到祖母宠爱，生活环境相对宽松，个性又极为敏感，所以他以"痴""傻""狂"等不同寻常的状态出现，实则是受到了道家"自适其适"行为观的影响，他的美学理念更是建立在庄子浪漫主义美学思想的基础上。于儒、道之间的自由出入，成为他创作成功的基础。

---

① ［清］张英编：《御定渊鉴类函》卷三百八十八，载［清］永瑢、纪昀等编《文渊阁四库全书》第 992 册，第 506 页。

② ［晋］郭象注：《庄子注》卷六，载［清］永瑢、纪昀等编《文渊阁四库全书》第 1056 册，第 88 页。

"破圈"意识对于设计师尤其重要。突破思维定式,挑战自己的舒适圈,适应不断变化的行业发展需求以及新技术的发展趋势,所有这些,知易行难。特别是进入人工智能时代以后,设计行业面临的挑战更为直接。如果设计师不能有效地建立以创新为核心导向的设计思维方式,深入理解用户行为、偏好和需求等数据的价值,理解并融合不同学科的知识与技能,将非设计领域的先进理念和技术应用于设计实践中,就很难适应自己行业角色的转变,从创意执行者转变为创意指导者。同时,设计行业认为的专业壁垒也将随着技术的发展而逐渐消失,设计师如果不能率先跨出狭小的专业领域,在更开阔的创意产业平台上寻求新突破,也终将陷入路越走越窄的困境。"破圈"从某种意义上来说,就是"破局"。

经典回望：破圈，新角度和新价值

洞仙歌·所居丢山为仙人舞袖形①

[宋]辛弃疾

婆娑欲舞，怪青山欢喜。分得清溪半篙水。记平沙鸥鹭，落日渔樵，湘江上，风景依然如此。

东篱多种菊，待学渊明，酒兴诗情不相似。十里涨春波，一棹归来，只做个、五湖范蠡。是则是、一般弄扁舟，争知道，他家有个西子。

‖ 阐述 ‖

本词约作于淳熙十年（1183 年）秋。南溪是辛弃疾修筑稼轩时开辟的一条溪水。词人表达的大意是：难怪青山喜气盈盈，想要翩翩起舞，原来是从清澈的溪流中引出了一泓新的溪水。这情景让我记起当年在潭州时看到江上沙洲鸥鹭翔集，落日之中渔樵互答，湘江上风景与此时此地如此相似。我在东篱种菊花，想要学习陶渊明，但是我喝酒与写诗的情怀都与他不相似。春水弥满，十里烟波，放船归来，我想做优游五湖的范蠡，虽然一样驾着小船，却不如他家里还有个西施在等待。

---

① [清] 唐圭璋编：《全宋词》第 3 册，第 2498 页。

这首词笔触轻快，趣味横生，细读也颇有深意。南溪初成，山水相映，春波荡漾之时，词人思绪万千，他想到了自己在湖南任上，也见过这样的风景，那是烙在他记忆深处的印记。以"记"字领起回忆，由南溪山水联想到湘江风景依旧。这一句表面看起来只是对风景的回忆，实则稼轩别有深意。在湖南时，他曾创立"飞虎军"征战四方，这是他归宋后难得的军旅体验，也在他心中燃起了不熄的希望之火，因而，在他心中，湘江山水背后有着他的期待、努力和梦想。所以词人说，他想学陶渊明，其实是学不像的，因为他们是襟怀、抱负都不相同的两种人。那么，要不要做泛舟五湖、功成身退的范蠡呢？这个形象是稼轩词中反复提到的，不过他内心深处也明白，范蠡不容易做，功业成就何其不易，这与得到知己佳人一样，实在可遇不可求。结拍处的感慨是稼轩内心清醒却沉痛的认识。辛弃疾作为词人和军事家，修筑园林本不是他的主业，但他在铅山居住期间修稼轩，开南溪，整理池沼花木，逐渐将闲居之所变成了"理想国"，他实际上是将自己无法实现的功业与梦想映射到了环境设计中，所以整个设计带有明显的个性化色彩。这条南溪便带着他对湖南的记忆，所以山水皆有情，景观无一处无来历。

紹聖元年三月作 東坡居士

【名称】墨竹图

【年代】宋

【作者】苏轼

【馆藏】纽约大都会艺术博物馆

苏轼是北宋文坛巨擘，是"唐宋八大家"之一，工诗、擅词、能文，而且有着高绝的艺术修养。他的书法是"宋四家"之一，以用墨丰腴、结体扁平、横轻竖重、轻重错落为特点，舒展自如。苏轼对绘画也有自己的观点，他评价王维诗，"诗中有画，画中有诗"①，提倡"诗画本一律，天工与清新"②，说明他认为画要有诗意，是心灵世界的具象化，神似重于形似。他擅于画墨竹、怪石、枯木等具有明显人格象征意味的题材，线条粗犷，笔势豪放，充满了生命的张力。特别是他的竹子，不拘泥于形象的细节，给人一种生机勃勃的感觉。这幅画既有书法的韵味，又有诗词的意境，特色鲜明。

苏轼对于竹子的喜爱，在他写给表兄文与可的《墨君堂记》中表达得十分完整："风雪凌厉，以观其操；崖石荦确，以致其节。得志，遂茂而不骄；不得志，瘁瘠而不辱。群居不倚，独立不惧。"③所以，他画竹着力体现的就是竹子的头角峥嵘，凌空劲节，有神完气足之感。

---

① [清]孙岳颁编：《御定书画谱》卷四十七，载[清]永瑢、纪昀等编《文渊阁四库全书》第821册，第62页。

② 傅璇琮等编：《全宋诗》第14册卷八一二，第9395页。

③ [宋]苏轼：《东坡全集》卷三十五，载[清]永瑢、纪昀等编《文渊阁四库全书》第1107册，第498页。

◈ 跟着案例说设计 ◈

2023 年的普利兹克奖得主，英国建筑大师大卫·奇普菲尔德的作品素以轻盈简约、低调优雅著称。他崇尚极简主义、偏爱素色的特点在他的摩卡壶设计改良中得到了很好的体现。作为一种萃取意式浓缩咖啡基底的工具，摩卡壶因其操作的便利性，从 20 世纪 30 年代开始在意大利家庭中普及。有别于传统的摩卡壶，奇普菲尔德对它的形态风格进行了新的设计，融合了 11 个侧面和 1 个平盖。他增加了 2 个额外的面，使其几何感更强，以更好的设计比例和更易操作的壶口，给使用者带来新的体验。在功能方面，设计师通过底座尺寸的改变增强了热传导，旋钮的横向位置使得单手即可开盖，而向外移动的把手则避免了被火焰意外熔化的危险。整个设计充满了设计师的建筑风格特点，有很高的识别度。

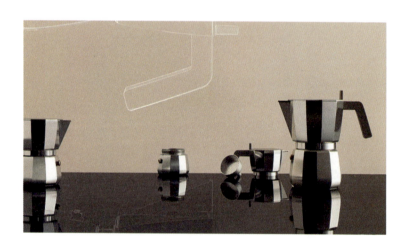

标题与内涵

开宗明义

　　关于名、实问题的探讨起于先秦，孔子主张"必也正名乎"，强调以礼为原则，做到名实相符；庄子认为"名者，实之宾也"①，肯定实对名的决定。作为一个被深入探究的哲学问题，这代表了中国人对于实质与概念轻重主次的不同判断。在设计中，"因名定实"与"因实赋名"都有意义，前者代表了对设计适度性的认知，后者从设计体验角度预留了更开阔的想象空间，最高境界则是名实相融。

---

① ［晋］郭象注：《庄子注》卷一，载［清］永瑢、纪昀等编《文渊阁四库全书》第1056册，第7页。

🍃文学导引🍃

因说半日腿酸，未尝歇息，忽又见前面又露出一所院落来，贾政笑道："到此可要进去歇息歇息了。"说着，一径引人绕着碧桃花，穿过一层竹篱花障编就的月洞门，俄见粉墙环护，绿柳周垂。贾政与众人进去。

一入门，两边俱是游廊相接。院中点衬几块山石，一边种着数本芭蕉；那一边乃是一颗西府海棠，其势若伞，丝垂翠缕，葩吐丹砂。众人赞道："好花，好花！从来也见过许多海棠，那里有这样妙的。"贾政道："这叫作'女儿棠'，乃是外国之种。俗传系出'女儿国'中，云彼国此种最盛，亦荒唐不经之说罢了。"众人笑道："然虽不经，如何此名传久了？"宝玉道："大约骚人咏士，以此花之色红晕若施脂，轻弱似扶病，大近乎闺阁风度，所以以'女儿'命名。想因被世间俗恶听了，他便以野史纂入为证，以俗传俗，以讹传讹，都认真了。"众人都摇身赞妙。

一面说话，一面都在廊外抱厦下打就的榻上坐了。贾政因问："想几个什么新鲜字来题此？"一客道："'蕉鹤'二字最妙。"又一个道："'崇光泛彩'方妙。"贾政与众人都道："好个'崇光泛彩'！"宝玉也道："妙极。"又叹："只是可惜了。"众人问："如何可惜？"宝玉道："此处蕉棠两植，其意暗蓄'红''绿'二字在内。若只说蕉，则棠无着落；若只说棠，蕉亦无着落。固有蕉无棠不可，有棠无蕉更不可。"贾政道："依你如何？"宝玉道："依我，题'红香绿玉'四字，方两全其妙。"贾政摇头道："不好，不好！"

——《红楼梦》第十七回

大观园试才题对额 荣国府归省庆元宵①

阐述

这段故事有意思的地方在于贾政和贾宝玉对于植物和园林的"名实"之论。面对一株曼妙的西府海棠，贾政道出它的名字"女儿棠"，并解释说，这种植物源于女儿国。但贾政并不认为这种说法可靠，女儿国在他看来是一个形同杜撰的名字。那么在中国的历代典籍中有没有关于女儿国的历史记载呢？其实是有的，《三国志》中有这么一段记载："沈海又言，有一国亦在海中，纯女无男。"②《后汉书》的卷七十五《东夷传·东沃沮》中也写到耆老之言："海中有女国，无男人。或传其国有神井，窥之，辄生子云。"③这个"饮水生子"的说法还被《西游记》的作者所吸纳，并演绎出西梁女国、子母河

① [清]曹雪芹：《红楼梦》，第229—230页。

② [清]张英编：《御定渊鉴类函》卷二百三十一，载[清]永瑢、纪昀等编《文渊阁四库全书》第988册，第27页。

③ [南朝·宋]范晔：《后汉书》卷七十五，载[清]永瑢、纪昀等编《文渊阁四库全书》第253册，第644页。

的情节。沃沮是我国古代东北的一个少数民族，也是满族的先祖之一。耆老口中的沃沮应该是在日本及其附近海域上。另外，玄奘法师的《大唐西域记》也曾提到"东女国"："世以女为王，因以女称国。夫亦为王，不知政事。丈夫唯征伐田种而已……东接土蕃国，北接于阗国，西接三波诃国。"① 由此可见，在漫长的历史发展中，以女性为主宰的地区小政权并不罕见。但是，这些国家都远离中土，而且面目相对模糊，所以贾政认为这可能是子虚乌有的杜撰。这说明，在贾政心中"正本清源"方合"定名"正道，以名为实之根本。贾宝玉则从花的形态入手，认为"以此花之色红晕若施脂，轻弱似扶病，大近乎闺阁风度"是其得名由来，认为人们强行将其与史实关联反而是非常庸俗的行为。所以，他的名实观实际上更倾向于因实定名，近于庄子。他在为后来被称为"怡红院"的建筑题名时，继续秉持这一理念，从棠红蕉绿这一显在的视觉表征出发，称其为"红香绿玉"，这个名称看似用词平凡，却十分贴合庭院景致，名实相符。后来，元妃省亲时，因为不喜欢"绿玉"的提法，改称此处为"怡红快绿"，保留了对庭院色彩视觉的肯定，更强调了庭院对使用者的心理影响——适宜畅快，这是更高级层次的因实定名了。

名实之论在禅宗的文化中也有体现。禅宗初立时以"不立文字""见性成佛"为根本主张，但是在其发展过程中，因为积极入世的需求必须找到适合其理论传播的中间渠道，因此，"文字禅"应运而生，语言文字成为禅悟的中介。在宋代高僧雪窦重显的观念

---

① [唐]玄奘：《大唐西域记》卷四，载[清]永瑢、纪昀等编《文渊阁四库全书》第593册，第690页。

中，化解这一问题的做法是"参活句，不参死句"①。

"活句"指意在言外，直指心性的表达；而"死句"则是严守字面含义，不离规矩的表述。活句针对的是"实"，死句诠释的是"名"。"参活句"就是要通过对文本题外之旨的发覆，超越文本意障，进入"事事无碍"的禅悟之境，穿透名实之间的障碍。重显"颂古"四十一则云："活中有眼还同死，药忌何须鉴作家。古佛尚言曾未到，不知谁解撒尘沙。"② 这是为解说赵州和尚问投子"大死底人却活时如何？"，投子云"不许夜行，投明须到"的一段机锋而作③，是禅师常用的一种表述方式。投子的意思是，不许夜间行走，但天亮必须赶到。大死是彻底否定，大活是彻悟。彻悟是从死禅上升到活禅的路径。重显在诗中表达的正是逼入绝境，才能"置之死地而后生"，完全突破正常的思维方式，关闭语言意义与日常经验的联结通道，打碎文本的障碍，以直觉来体悟，才能获得佛法真理的意思。他将了悟置于文本意义之上，追求字面背后的兴象玲珑和思理超越，促进"诠释"与"体悟"的结合，最终突破名实之间的藩篱，自在无碍。

① 河村照孝编集：《卍新纂大日本续藏经》，东京：株式会社国书刊行会，1975—1989年，第308页。

② [宋]重显颂古，克勤评唱：《佛果圜悟禅师碧岩录》，载《大藏经》第48册No.2003，东京：大藏出版株式会社，1988年，第179页。

③ 同上书，第179—180页。

经典回望：突破误读，别具空间

宣曲二十二韵 ①

[宋] 杨亿

宣曲更衣宠，高堂荐枕荣。十洲银阙峻，三阁玉梯横。

鸾扇裁纨制，羊车插竹迎。南楼看马舞，北埭听鸡鸣。

彩缕知延寿，灵符为辟兵。粟眉长占额，蚕发俯侵缨。

莲的沉寒水，芝房照画楹。麝脐薰翠被，鹿爪试银筝。

秦凤来何晚，燕兰梦未成。丝囊晨露湿，椒壁夜寒轻。

绮段余霞散，瑶林密雪晴。流风秘舞罢，初日靓妆明。

雷响金车度，梅残玉管清。银环添旧恨，琼树怯新声。

洛媛迷芝馆，星妃滞斗城。七丝绚绿绮，六箸斗明琼。

惯听端门漏，愁闻上苑莺。虚廊偏响屟，近署镇严更。

刬袜心长苦，投签梦自惊。云波谁托意，璧月久含情。

海阔桃难熟，天高桂旋生。销魂璧台路，千古乐池平。

---

① 傅璇琮等编：《全宋诗》第 3 册卷一二〇，第 1402 页。

104

▌阐述▐

　　这首排律格律严整，音节铿锵，而且从首联起即用对仗，终篇不懈。其中"十洲""莲的""绮段""流风""虚廊""海阔"数联尤为精切，有雍容典雅之感。从字面上看，设色浓丽，雕琢精美而富有感性色彩。故而"鸾扇""彩缕""画楹""翠被""银筝""金车""玉管"等具有视觉冲击力的语词一一铺排入墨，华妍精彩。故《四库全书简明目录》中称杨诗"组织工致、锻炼新警之处终不可磨灭"①。

　　宣曲，是汉代宫廷的名称，以此为题，很容易使读者产生一种感觉，认为诗人是在借前代宫廷故事炫耀腹笥。然而，在密丽生涩的文本背后，诗人却别有寄托。陆游跋《西昆酬唱集》云："祥符中尝下诏禁文浮艳，议者谓是时馆中作《宣曲诗》，'宣曲'，见《东方朔传》。诗盛传都下而杨刘方幸，时或谓颇指宫掖。又二妃皆蜀人，诗中有'取酒临邛'之名，赖天子爱才士，皆置而不问，独诏讽切而已，不然亦殆哉。"②从陆跋看，宋真宗诏禁文风浮艳，乃是因为一首《宣曲》触碰了他的心病，参之杨亿不肯为真宗书册后诏一事，可以想见他对真宗的宫掖生活多有不满，故借汉朝之酒杯消己心之块垒。通过此例我们可以看到，杨亿诗歌题旨表达含蕴

---

① 永瑢等：《四库全书简明目录》卷十九，载《西昆酬唱集》提要，上海：上海古籍出版社，1985年，第833页。

② [宋]陆游：《渭南文集》卷三十一，载《陆放翁全集》上册，北京：中国书店，1986年，第197页。

隐晦，不肯直抒其事，须转折体悟方可领会。这样的写法与唐人诗歌直接发露形成鲜明反差，可见杨亿更注重以意到神会的方式进行沟通。他借用禅宗"不说破"的方式，避免正说，借助"转语""代语"，重意象堆叠，轻直言阐发，以此方式实现含蓄主旨与超越性情感表达。名为绮靡，实则讽喻。名实之间相互遮蔽，又彼此支撑。

这种做法在杨亿的作品中比比皆是，其收录于《西昆酬唱集》中，与李商隐同题的作品《泪》也是如此："锦字梭停掩夜机，白头吟苦怨新知。谁闻陇水回肠后，更听巴猿拭袂时。汉殿微凉金屋闭，魏宫清晓玉壶敧。多情不待悲秋气，只是伤春鬓已丝。"[①] 作者用苏蕙、卓文君、阿娇等佳人故事，勾勒她们虽秉才色却终被弃置的悲凉命运，使读者的思维在不知不觉中被牵引，并生发出传统诗学中"香草美人"的约定俗成的联想，而结联的伤春也不能单纯地被视为一种对季候变迁的感怀。在中国诗歌的美学规范中，春秋两季包含着无尽感伤，《楚辞》中"目极千里兮伤春心"[②]、"悲哉秋之为气"[③]即是肇端，也为这看似自然的物候更迭定下了基调，春华秋实最易引动敏感的诗人对美之易逝，命运之不可捉摸的畏惧与忧伤。应当说，杨亿的身世不算坎坷，少有"神童"之名的他早早地列名两禁，备位台臣，然而他又的的确确地"身不逢主"。在宋真宗眼中，杨亿始终不过是一个与司马相如类似的文学侍从。其《赐杨亿判秘监》

① 傅璇琮等编：《全宋诗》第 2 册卷一○四，第 1405 页。

② [汉] 王逸编：《楚辞章句》卷九，载 [清] 永瑢、纪昀等编《文渊阁四库全书》第 1062 册，第 66 页。

③ [清] 张英编：《御定渊鉴类函》卷十五，载 [清] 永瑢、纪昀等编《文渊阁四库全书》第 982 册，第 346 页。

一诗云"琐闼往年司制诰，共嘉藻思类相如。蓬山今日诠坟史，还仰多闻过仲舒。报政列城归觐后，疏恩高阁拜官初。诸生济济弥瞻望，铅椠咨询辨鲁鱼"①充分体现了这位君主对诗人的定位。是时，宋真宗在王钦若的蛊惑下封禅求仙，服食访道，生活之荒唐奢侈不亚于汉武、隋炀，而杨亿生性耿介，逢君之恶，颇思劝戒，但难以引起重视，于是一番抑郁不得时只能借题发挥。郑再时笺注《西昆酬唱集》时称杨亿"以鲠直之故，屡犯主颜，又遭王钦若、陈彭年等逸诉得行，郁郁不得申其志。然志终不可诎，发而为诗，则此集是，非'情动于中而形于言耶'"②，可说是深得诗人之旨。杨亿看重诗歌寄托的含蓄性，注重内在心理的超越性体验，揭示出高远的旨趣，也是他对"名实"关系认知的直接体现。

① 傅璇琮等编：《全宋诗》第 3 册卷一二〇，第 1405 页。

② 郑再时：《西昆酬唱集笺注序》，济南：齐鲁书社，1986 年，第 1 页。

【名称】仙山楼观图

【年代】元

【作者】陆广

【馆藏】台北故宫博物院

此画很有元代文人画的特点,描绘了山林题材。画面上重岭叠嶂,山路蜿蜒曲折,古松夹道,楼观依山路错落而建。山脚下,溪水回环,游人徜徉于桥上林间,笔法近于黄公望。从画面看,这是一幅典型的文人墨客登山赏景之图。那么,为何作者以"仙山"命名呢?画的左侧用笔繁密,于烟云山峦中现琼楼玉宇,这是画家所绘"仙境";中央一座木桥连接"人""仙"两界,实际上画出了当时人身在红尘,心存山林的生命状态。仙境,即是心境。"名过其实",意在超越名实,直指心源。

❧ 跟着案例说设计 ❧

坐落于上海方塔园的"何陋轩"出自建筑大师冯纪忠之手，建筑造型仿上海市郊农舍四坡顶弯屋脊形式，毛竹梁架，大屋顶，方砖地坪，四面环水，弧形围坪，竹椅藤几，古朴自然，与四周竹景互相交融，浑然一体而别有风致。这座经典建筑的艺术价值已经被学界广为认知。而其命名，也颇有趣味。"何陋"，出自刘禹锡的名篇《陋室铭》的结句"何陋之有"，这是一个开放式的命名。一方面致敬了舂容大雅的古代儒者；另一方面引发观者思考，这样一座充满"宋意"的建筑看似朴素简单，用材因地制宜，采用江南的竹子，置身其间，却能感受到光影变化的精妙以及饱满的生机，与宋代方塔形成了绝妙呼应。这是匠心，是对中国建筑艺术精神的领悟，从这个角度讲，"何陋"问的是以何为美。这个题名的方式充满了哲思，与拙政园中典出苏轼词的"与谁同坐轩"的题名相比，丝毫不逊色。

有似乎无理的，想去竟是有理有情的。

无可云证，是立足境。

意景篇

眼中事，心中景，涵容万物如己出。

造势、造境、造像，

妙处难以言说却与自然之理相合。

逻辑与直觉

┌─────┐

开宗明义

　　逻辑与直觉之间的关系，在设计领域可以转化成感知、经验与知识体系的关联。设计师的直觉来自经验与审美，但将直觉转化为设计作品则离不开推导、归纳和规律总结。每一个好的设计作品都具有很好的阐释性。

└─────┘

❀文学导引❀

　　香菱笑道："据我看来，诗的好处，有口里说不出来的意思，想去却是逼真的。有似乎无理的，想去竟是有理有情的。"黛玉笑道："这话有了些意思，但不知你从何处见得？"香菱笑道："我看他《塞上》一首，那一联云：'大漠孤烟直，长河落日圆。'想来烟如何直？日自然是圆的。这'直'字似无理，'圆'字似太俗。合上书一想，倒像是见了这景的。若说再找两个字换这两个，竟再找不出两个字来。再还有：'日落江湖白，潮来天地青'，这'白''青'两个字也似无理。想来，必得这两个字才形容得尽，念在嘴里倒像有几千斤重的一个橄榄。还有'渡头余落日，墟里上孤烟'，这'余'字和'上'字，难为他怎么想来！我们那年上京来，那日下晚便湾住船，岸上又没有人，只有几棵树，远远的几家人家作晚饭，那个烟竟是碧青，连云直上。谁知我昨日晚上读了这两句，倒像我又到了那个地方去了。"

　　　　　　　　　　　　　　——《红楼梦》第四十八回
　　　　　　　　　滥情人情误思游艺　慕雅女雅集苦吟诗①

----

① ［清］曹雪芹：《红楼梦》，第647—648页。

　　香菱谈诗，最有趣的地方是诠释了"无理而妙"的内涵。"无理"，就是不以日常经验推断，不基于合逻辑、有证据的推断。"妙"，在于这种看似不合情理的表述却呈现出与人们心理图式的暗合，让人有一种被挠到痒处的释放与通透。"几千斤重的一个橄榄"的比喻实在恰当。诗人，是不讲逻辑的，古往今来人们都这样认为。逻辑是对想象力的一种束缚，只有处于非理性状态中，诗人才能将爱与悲欢更深切地体悟出来，传达出来。但是，诗真的只是灵光一瞬，刹那涌现？实则不然。否则，林黛玉在教香菱学诗的时候也不会让她先读一百首王维的诗，再读李白、杜甫了。阅读的目的，在于将前人的生命体验转化为自身的阅读经验，再通过自己的体悟，将创作者的经历、感知与这些经验贯通起来，最终通过一种全新的，但又不脱离共通认知规律的形式进行传达。始于直觉，转化于推导，成于经验。

　　在设计中，我们也常常谈及直觉思维。它通常指人们对一个问题未逐步分析，仅依据内因的感知迅速地对问题答案做出判断、猜想、设想，或者在对疑难百思不得其解之时，突然对问题有灵感和顿悟，甚至对结果有预感。直觉往往会成为创意的起点，但我们无法否认的是，直觉有时并非"生而有之"，而更适合被表达为"知而有之"，是头脑中感性知觉与逻辑经验高度融合与压缩的产物。看似"无意识"，实则"意在识中"。

经典回望：直觉与打破直觉

《教外别传》说："明州雪窦重显禅师，遂宁府李氏子。横经讲席，究理穷玄，诘问锋驰，机辩无敌，咸知法器。金指南游。首造智门，即伸问曰：'不起一念，云何有过？'智门召师近前。师才近前。智门以拂子蓦口打。师拟开口。智门又打，师豁然开悟。"[1]

‖ 阐述 ‖

智门光祚是北宋早期云门宗的精神领袖，自宋以后，云门宗门徒皆视光祚禅师为云门祖师，清人守一空成编纂的《佛祖正宗道影》将智门光祚列为第四十二世佛祖。[2] 在他的弟子中，被日本学者忽滑谷快天称为"禅道烂熟时代之第三人"[3]的雪窦重显是极为突出的一位。《佛祖历代通载》记曰："（重显）北游至复州北塔。祚公香林之嫡嗣，云门之孙也。祚远皆蜀人。知见高莫能觇其机。显

① 黎眉等编：《教外别传》卷十二，载河村照孝编集《卍新纂大日本续藏经》第84册 No.1580，东京：株式会社国书刊行会，1975—1989年，第308页。

② [清]守一空成编：《佛祖正宗道影》，清光绪六年（1880年）刻本。

③ 忽滑谷快天著：《中国禅学思想史》，朱谦之译，上海：上海古籍出版社，1994年，第402页。

俊迈。祚爱之。遂留五年。尽得其道。"[1] 而智门光祚课徒的主要方式就是依靠直觉与顿悟。

光祚采用了禅宗"棒喝"之法对重显进行开悟。重显所问看似符合禅宗"无法可说"的观念，但是只要心存"一念"便仍然没有进入自然无碍的境界。经过光祚的开悟，显然重显意识到了这一问的拘执，豁然开朗。而后，重显在自己的诗歌中将自己的心得展示出来，如其《颂古百则》的第三十九则：

花药栏，莫颟顸，星在秤兮不在盘。便怎么，太无端，金毛狮子大家看。[2]

这则颂古是对云门问答的发明："偕问云门：'如何是清净法身？'门云：'花药栏。'僧云：'便怎么去时如何？'门云：'金毛狮子。'"所问均是关于本体和出处的大关节，所答却是日常言语，看似不相关的物象。重显对此的解释颇有趣味："星在秤兮不在盘"，意为真理本体在于心，不在于言，如一杆秤，准星在秤杆，不在秤盘；"金毛狮子大家看"，意为了悟出入之境的门道在于每个参悟者的修行，路径虽殊，万法归一。无疑，重显深谙云门说禅之法，用家常之语道出修持之法：出离物象的执迷，向心灵深处探究真理。

① ［元］念常撰：《佛祖历代通载》卷十八，载《大藏经》第 49 册 No.2036，东京：大藏出版株式会社，1988 年，第 665 页。

② ［宋］重显颂古，克勤评唱：《佛果圜悟禅师碧岩录》卷四，第 177 页。

艺术创作重视直觉，这在很大程度上得到了公众认可，那些神来之笔也一直被认为是创作者艺术灵感迸发的结果。那么，直觉是不是真的无迹可寻？让我们回到前面智门光祚与雪窦重显的故事。在智门光祚采用"棒喝"法之前，他对重显并非一无所知，重显的机变、善思，以及对经典的谙熟都让光祚相信，采用这种方法能够让他在压力之下瞬间实现阅读经验、宗教体验及人生感悟的会通，最终获得理想的认知结果。从对象识别、能力判断到方法选择、互动过程，这其中包含的是一种严谨的逻辑推理。禅宗虽然重视直觉，但直觉源于对逻辑的超越，逻辑与直觉之间是相互转换的。基于逻辑的分析可以通过熟练化形成经验图式，并由此转化为直觉加工。当直觉无法通过已有经验解决新的问题时，就需要调动更多的认知资源转向分析加工，直到形成新的经验图式。

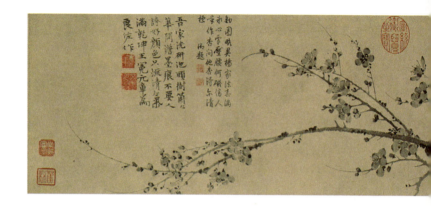

【名称】墨梅图

【年代】元

【作者】王冕

【馆藏】故宫博物院

画墨梅，始于北宋仲仁和尚。据说他看到月光把梅花映照在窗纸上，从梅影中得
到启示，创造出用浓淡相间的水墨晕染方法画梅花。王冕继承了传统画法，但形
成了自己的风格。他画梅枝，枝梢一笔拉到几尺长，枝的梢头，露出了笔的尖锋，
突出了梅的清高拔俗；画花，能在形似以外求神态，一笔二顿挫，简洁却饱满。
王冕的墨梅之所以能呈现独特的风格，是因为画家将梅花视作人格力量的外化，
画梅主要传达的是作者的人格理想。诚如这幅画上的题句："吾家洗研池头树，
个个华开淡墨痕。不要人夸好颜色，只流清气满乾坤。"首两句用了王羲之临池
学书，池水尽黑的典故，仿佛画中之梅的淡淡墨晕为池头梅树吸收水中墨色所致。
三四句则宕开一笔，赞赏墨梅虽无颜色，却有气节，以此表达不愿媚俗的独立人
格理想。梅花的形态出于画家的直觉感知，并不写实，但梅花精神源于画家一贯
坚持的君子理念。

《跟着案例说设计》

无印良品的这款壁挂式 CD 播放器，用一个拉的动作成功勾起了我们的怀旧联想。酷似电灯的拉绳开关，拉一下灯亮起来，再拉一下灯就灭掉。哪怕从来没有见过这款产品，也没看使用说明书，消费者都能知道只要拉一下这根线，CD 就会开始转动，音乐就会播放。这种方式利用人们的直觉，打破人与产品之间的隔阂，成就了深泽直人的这款深入人心的设计作品。

佐藤大设计的这把名为 Stay-brella 的雨伞，来自设计师对人们在雨天的生活需求的直觉：需要一把方便好用的、随时随地不受限制的伞。所以，伞柄部分采用了 Y 形分叉设计，确保它能够不借助外力自行站立，同时还可以挂置在任何水平表面上。

❧ 思维拓展 ❧

上述两个有趣的作品诠释了直觉与逻辑之间的相互转换带来的变化。我们可以借助大语言模型（LLM）生成一个产品或场景：将你的直觉用一些句子表达出来，注意不要忽略任何一个细节。要求模型判断是否满足条件，在模型完成初评估后，再根据条件进行生成。让模型先尝试自行解决问题，再进行判断给出结论，可以提供少量样本给模型参考，看看大模型能不能根据你的直觉推导出符合设计理念的作品。如果可以，把你认为引导模型最关键的提示词标注出来。如果不能，尝试调整关键词的表达方式，采用更直白和明晰的表达。

假设与求证

开宗明义

假设与求证首先是一种科学研究的方法，指人们根据事实提出假说，然后通过实践证明。对于设计师而言，从用户需求与价值观出发，多提假设有助于多维度认知真实需求。对于假设的证明或证伪都有助于设计师洞察真相，进而发现有效的解决路径。

❀文学导引❀

袭人又道："昨儿贵妃打发夏太监出来，送了一百二十两银子，叫在清虚观初一到初三打三天平安醮，唱戏献供，叫珍大爷领着众位爷们跪香拜佛呢。还有端午儿的节礼也赏了。"说着命小丫头子来，将昨日所赐之物取了出来，只见上等宫扇两柄，红麝香珠二串，凤尾罗二端、芙蓉簟一领。宝玉见了，喜不自胜，问"别人的也都是这个？"袭人道："老太太的多着一个香如意，一个玛瑙枕。太太、老爷、姨太太的只多着一个如意。你的同宝姑娘的一样。林姑娘同二姑娘、三姑娘、四姑娘只单有扇子同数珠儿，别人都没了。大奶奶、二奶奶他两个是每人两匹纱，两匹罗，两个香袋，两个锭子药。"

宝玉听了，笑道："这是怎么个原故？怎么林姑娘的倒不同我的一样，倒是宝姐姐的同我一样！别是传错了罢？"袭人道："昨儿拿出来，都是一份一份的写着签子，怎么就错了！你的是在老太太屋里的，我去拿了来了。老太太说了，明儿叫你一个五更天进去谢恩呢。"

——《红楼梦》第二十八回
蒋玉菡情赠茜香罗　薛宝钗羞笼红麝串①

---

① ［清］曹雪芹：《红楼梦》，第387—388页。

▍阐述▍

《红楼梦》中元春的端午节赐礼一直是人们议论的关键问题。很多人认为，这其中传达了元春的态度，是对"金玉良缘"的肯定。理由是，宝玉那么多姐妹，唯独宝钗与其礼物一致，而且礼物甚是丰厚，足见元春对宝钗的重视。而宝钗在收到礼物后，一反常态，将红麝香珠戴在手上，还引起了宝玉的绮思，这说明宝钗也领悟到了赐礼背后元春的动机。但是，这个说法真的对吗？首先，元春在宫中多年，对黛玉和宝钗都比较陌生，而且省亲之前，她并不容易见到家人，也很难产生先入为主的印象。在省亲时，"贾妃见宝、林二人亦发比别姊妹不同，真是娇花软玉一般"，说明两者给她的初印象并无差别。当天黛玉的表现也非常得体，她写作的《世外仙源》一诗颈联和尾联"香融金谷酒，花媚玉堂人。何幸邀恩宠，宫车过往频"①，既写出了省亲盛事的热闹，又恰如其分地颂圣，不失应制诗应有的端庄堂皇。所以，元春赞叹薛、林二人不俗。并且黛玉代替宝玉所作的诗，还得到了元春的肯定，所以，元春并无理由对黛玉不满。其次，从亲疏关系来看，虽然都不是直系亲属，但黛玉和元春是姑表亲，宝钗和她是姨表亲，从中国宗法社会重视父系的角度来说，黛玉跟元春之间的关系更为紧密。这一点，在小说的第二十回"王熙凤正言弹妒意　林黛玉俏语谑娇音"中也有佐证。宝玉对黛玉说："你这么个明白人，难道连'亲不间疏，先不僭后'也不知道？我虽糊涂，却明白这两句话。头一件，咱们是姑舅姊妹，

---

① 　[清]曹雪芹：《红楼梦》，第244页。

123

宝姐姐是两姨姊妹，论亲戚，他比你疏。第二件，你先来，咱们两个一桌吃，一床睡，长的这么大了。他是才来的，岂有个为他疏你的？"①可见，在宝玉心中姑表亲的地位要高于姨表亲，宝玉和元春一母同胞，这应该是他们共同的认知。最后，从省亲当日，元春给诸人的赏赐来看，"宝钗、黛玉诸姊妹等，每人新书一部，宝砚一方，新样格式金银锞二对。宝玉亦同此"②，也是没有差别的，可见这两位表妹在她心中无高下之别。

那么，到了端午节，为什么差别如此明显呢？一种猜测是王夫人可能表达了她对宝玉婚姻的态度，所以元春给出了暗示。这也是在读者群体中颇受认同的一个观点。脂砚斋评点端午节的赐礼，说"金姑玉郎是这样写法"，更被视为一个明确的佐证。同时，在小说的第二十二回，王熙凤与贾琏谈到宝钗生日，特地指出宝钗到了将笄之年，生日的规制要与林黛玉不同，似乎也在暗示宝钗已经成年，她的地位与众不同。③

然而，这个观点是否根基牢靠呢？且看第二十九回，贾府中人去清虚观打平安醮，张道士为宝玉提亲："前日在一个人家看见一位小姐，今年十五岁了，生的倒也好个模样儿。我想着哥儿也该寻亲事了。若论这个小姐模样儿，聪明智慧，根基家当，倒也配的过。但不知老太太怎么样，小道也不敢造次。等请了老太太的示下，才敢向人去说。"贾母却回复："上回有和尚说了，这孩子命里不该

① [清]曹雪芹：《红楼梦》，第276页。

② 同上书，第215页。

③ 同上书，第291页。

早娶，等再大一大儿再定罢。你可如今打听着，不管他根基富贵，只要模样配的上就好，来告诉我。便是那家子穷，不过给他几两银子也罢了。只是模样性格儿难得好的。"①这个回复，很明确体现出两点，"不该早娶""不论家世"，对于已经成年的宝钗而言，再等几年可能就面临年华蹉跎、姻缘艰难的处境，而薛家刻意营造的"丰年好大雪"的富贵气象，在贾母看来也不算多大优势。同时，在这一章节中提到了"金麒麟"，引出史湘云也有一个类似的饰物，似乎也说明"金玉"之说不止一种可能性。贾母虽是贾府金字塔尖上的人物，但为了家族利益，断然没有与皇权对抗的勇气。所以，她的这个说法显然可以佐证，至少在这个时候，元春并没有明确的宝黛联姻之意。

于是，问题回到了原初，宝玉和宝钗的端午礼为什么是一样的呢？可能是因为，宝钗是一家子借住贾府，占了一个客人的身份，所以在礼节上特加优厚，而黛玉双亲皆亡，长久住在贾府，为了表达一视同仁，她的礼物是与迎春三姐妹一致的。

当然，如此种种都是"假设"。如果我们做个联想，这些假设由小说的主人公贾宝玉提出，会怎样呢？他面对这次端午赐礼是有疑惑的，猜测是"传错了"，因为自幼贾母将他二人安置在自己的碧纱厨中，他们一起长大，也常被贾母以"两个玉儿"来代称，所以他自然认为他与黛玉的礼物应该是一样的。但是，袭人告诉他，这些礼物是写明了"签子"的，不会错，也就是他最初的假设不成立，

---

① ［清］曹雪芹：《红楼梦》，第396页。

那么宝玉的疑虑实际上并没有被消除。如果他是一个有经验、有阅历的人，他应该深入思考这一举动背后的含义，并采用多种方式加以求证。比如，元春究竟如何看待宝钗？贾府中的掌权人对自己的婚姻持哪种态度？如果掌权人的态度与自己的期待不一致，有什么方法可以化解？如果沿着这些假设去求证，根据求证结果调整自己的方法，用合理的方法进行沟通，也许事情的结果会有根本性改变。但遗憾的是，宝玉没有这样做，他采用了最简单的办法，将自己的礼物拿给黛玉，任她挑选，这个做法当然没有任何效果。首先，以黛玉的骄傲，她不会妄取用意不明的礼物；其次，这种私相授受的行为既不尊重赐礼人，也挑战了当时的社会行为规范，让人更加觉得当事人是轻率鲁莽的；最后，在事情的最终结果出现之前，错过了化解矛盾的时机，无法推动事情向着自己理想的方向前进。

贾宝玉面对的问题，也是许多设计师会面对的。当我们开展一个设计项目时，与客户之间需要进行多轮沟通，特别是在客户意图不明确的时候，我们需要多提假设，通过数据分析、行为洞察、用户访谈等多种手段，用理性的方法去验证这些假设，在假设被证明的情况下，以最大可能性推动用户与设计师达成共识，形成双方都能接受的解决方案。假设是设计工作有序进行的前提，求证是重要的解题路径，共识是实现成功设计的保障。

题沈君琴①

[宋] 苏轼

武昌主簿吴亮君采，携其友人沈君十二琴之说，与高斋先生空同子之文太平之颂以示予。予不识沈君，而读其书如见其人，如闻其十二琴之声。予昔从高斋先生游，尝见其宝一琴，无铭无识，不知其何代物也。请以告二子，使从先生求观之。此十二琴者，待其琴而后和。元丰六年闰六月。

若言琴上有琴声，放在匣中何不鸣。

若言声在指头上，何不于君指上听。

▌ 阐述 ▌

清人纪昀《纪评苏诗》曾说："此随手写四句，本不是诗，搜辑者强收入集，千古诗集，有此体否？"② 这句评价显示了读者对诗的体式与内容的困惑。全诗四句，由两个设问、两个反问组成：如果琴声来自琴，那么放在琴匣里为什么发不出声音？如果琴声发自手指，那么为什么不在你的手指上听琴声？这样的写法颇为接近

---

① 傅璇琮等编：《全宋诗》第14册卷八三〇，第9598页。

② [宋] 苏轼著，[清] 纪昀评：《苏文忠公诗集》卷二十一，第6册，清道光十四年（1834年）两广节署刊本，第156页。

僧人的诗偈，目的是引起读者的联想，探索物象背后的理趣。琴与手指的关系是一种相互依存、相互激发的关系，《楞严经》说，"虽有妙音，若无妙指，终不能发"①，苏诗之义与之相通。通过假设，诗人引领读者探寻主体与客体相统一带来的理性之美，并且为人们进一步思考主客体的辩证关系预留了空间。

【名称】清溪渔隐图
【年代】宋
【作者】李唐
【馆藏】台北故宫博物院

宋徽宗不仅擅画，还完善了画院人才培养的体制，从招录人才开始，就将自己的美学理念渗透于考题中。宋人邓椿《画继》说："当是时，臣之先祖，适在政府，荐宋迪犹子子房，以当博士之选。是时子房笔墨，妙出一时，咸谓得人。所试之题，

---

① 载［清］永瑢、纪昀等编《文渊阁四库全书》第1110册，第794页。

如'野水无人渡，孤舟尽日横'，自第二人以下，多系空舟岸侧，或拳鹭于舷间，或栖鸦于篷背，独魁则不然。画一舟人，卧于舟尾，横一孤笛，其意以为非无舟人，止无行人耳，且以见舟子之甚闲也。又如'乱山藏古寺'，魁则画荒山满幅，上出幡竿，以见藏意。余人乃露塔尖或鸱吻，往往有见殿堂者，则无复藏意矣。"①由此可知，画学的考试多以古诗为题。学生入学考试不仅侧重技能，更重视对古诗的理解，构思巧妙而不落俗套的作者会名列前茅。这些试题与最终画作其实呈现了一个"假设与求证"的推导过程。比如，"野水无人渡，孤舟尽日横"，对于考生来说，善于思考的人会做假设：无人，指的是什么？如果无舟人，船为什么没有泊于岸边而是横于水上？因此，夺魁者画的不是空船，而是用卧于船尾、横一孤笛的舟人，表现意境的闲适。而"乱山藏古寺"，包含着对这样一个假设的求证，"藏"表达的是山与寺之间的关系？所以画殿堂者不如画幡竿者。经过这种思维训练的画家在创作时往往会更具有问题意识，也擅长通过洞察了解创作命题背后的真正用意。李唐在徽宗赵佶政和年间参加画院殿试，以切题画佳中魁，补入画院。那一年的试题是"竹锁桥边卖酒家"，参加考试的人大多在"酒家"下功夫，只有李唐画小溪桥畔的竹林深处，斜挑出一幅酒帘，深得"锁"意。宋徽宗爱其构思，亲手圈点为第一名。这幅《清溪渔隐图》全卷描绘了钱塘一带山区雨后的景色，用劲细流畅的线条写水流、芦苇，用重笔浓覆、坡泥湿翠、溪水湍流、前端一村翁垂钓江苇间点出主题。人物在这幅长卷中所占比例很小，但寥寥数笔，神完气足。十里溪山为隐的自然环境，独钓江上是隐的精神外显。很显然，在这幅画中，李唐完成了从假设到求证的整体性思考。

----

① ［宋］邓椿：《画继》，载［清］永瑢、纪昀等编《文渊阁四库全书》第813册，第506页。

❧ 跟着案例说设计 ❧

　　阿尔瓦罗·西扎在接手加利西亚当代艺术中心项目时，脑海中一定浮现过这样一些假设：圣地亚哥－德孔波斯特拉是天主教徒历经艰辛也要到达的地方，城中的修道院虽然已经破败，却是当地文脉的象征，在项目中如何使之重新显露？艺术中心的位置在公园中，如果它想成为城市中具有重要地位的建筑，应该如何表达它与公园的关系？艺术中心左右两边的边界都已确定，如何使这个有限的空间吸引人们进入，并且容纳更多人？带着这些假设，西扎思考着如何使新建筑与这个地域中的已有建筑有更连贯的关系，让它完全融入周围的城市景观，关注并尊重场所与都市文脉。简洁的三层博物馆建筑体，由沿 V 形延伸的两翼组成。两个翼体的插入限定了长方形的中庭，这个中庭的高度与博物馆的高度取齐，中庭里面布置了通向各个不同高度的展览室的楼梯。这个参观流线穿过各个展览室，可到达最高处用于雕像展览的屋顶台阶，还可以通过一个坡道到达可俯瞰整个修道院和这个城市的平台，让整个建筑与周边环境十分贴合，并自然成为历史延续的一部分。艺术中心的表面采用花岗石，与周围环境相协调。中庭和走道采用大理石和灰泥，展览空间的地面则采用橡木材质。上层的展览空间通过中央的天窗获取自然光线，避免阳光直接照射，从而有效地保护艺术品。这样的风格有效地化解了新建筑的突兀感，而且充满现代感，为所在地带来了新的活力。

证道与求己

开宗明义

　　设计的目的是证道还是求己？证道，在这里意味着顺应潮流，跟从技术发展的前沿，同时自觉地将设计纳入绩效主义的考虑范畴，以符合"标准"作为设计价值的衡量尺度。求己，指的是通过反思自己的内心来审视设计的目的，洞察需求，在设计中包容非功利主义的内容，做有松弛感的设计。

✣文学导引✣

宝玉见说，方知才与湘云私谈，他也听见了。细想自己原为他二人，怕生隙恼，方在中间调和，不想并未调和成功，反已落了两处的贬谤。正合着前日所看《南华经》上，有"巧者劳而智者忧，无能者无所求，饱食而遨游，泛若不系之舟"；又曰"山木自寇，源泉自盗"等语。因此越想越无趣。再细想来，目下不过这两个人，尚未应酬妥协，将来犹欲为何？想到其间，也无庸分辨回答，自己转身回房来。林黛玉见他去了，便知回思无趣，赌气去了，一言也不曾发，不禁自己越发添了气，便说道："这一去，一辈子也别来，也别说话。"

……宝玉道："什么是'大家彼此'！他们有'大家彼此'，我是'赤条条来去无牵挂'。"谈及此句，不觉泪下。袭人见此光景，不肯再说。宝玉细想这句意味，不禁大哭起来，翻身起来至案，遂提笔立占一偈云：

你证我证，心证意证。是无有证，斯可云证。无可云证，是立足境。

写毕，自虽解悟，又恐人看此不解，因此亦填一支《寄生草》，也写在偈后。自己又念一遍，自觉无挂碍，中心自得，便上床睡了。

……

三人果然都往宝玉屋里来。一进来，黛玉便笑道："宝玉，我问你：至贵者是'宝'，至坚者是'玉'。尔有何贵？尔有何坚？"宝玉竟不能答。三人拍手笑道："这样钝愚，还参禅呢。"黛玉又道："你那偈末云，'无可云证，是立足境'，固然好了，只是据我看，还未尽善。我再续两句在后。"因念云："无立足境，是方干净。"

——《红楼梦》第二十二回

听曲文宝玉悟禅机　制灯迷贾政悲谶语①

‖ 阐述 ‖

　　这一段在小说中颇有一点儿"虐心"。宝玉这个"无事忙"为了调停黛玉和湘云之间的口角两头碰壁，这令他产生了极大的挫败感。因为在他心中，大观园中的这些女孩子是他情感所系，他乐于为之奔忙，甘愿伏低做小。在其中，黛玉和湘云又是他非常珍视的两位。对黛玉，是满怀情愫，虽不能言，念兹在兹；对湘云，是友朋之乐，声气相通。他希望两者冰释前嫌，却用了最不合理的方法。他不理解黛玉的生气在于她感到了被轻贱，这种感觉不仅是冒失的史湘云带来的，更是贾府中众人态度的体现。史湘云的委屈在于她

---

① 　[清]曹雪芹：《红楼梦》，第297—299页。

不过是大大咧咧，顺嘴说出了众人的感受，却成了矛盾的焦点，得不到谅解。而她的生活处境，其实与黛玉非常近似，父母双亡，寄人篱下，她也有她的敏感和骄傲。宝玉劝人，更多地是站在自己的所知所见上"和稀泥"，因此这两个女孩子对他，与其说是生气，不如说是失望。

这样的打击让宝玉心灰意冷，他本身就对老庄之学深有体悟，在受到情感挫折的瞬间，他开始参悟情丝缠绕背后的虚空，所以心中若有所悟，便提笔写下一个偈子：

> 你证我证，心证意证。是无有证，斯可云证。无可云证，是立足境。

"证"乃佛教用语，有领悟、证道之意。意思是：人们都希望通过彼此的行为印证情感，只有到了没有什么值得印证之时，才能真正获得对情感的根本认知——虚空之境。因为情会让人受到伤害，会遮蔽本真面目，只有无情才能解脱。这是宝玉的"证道"，他以庄子和禅宗的空无来化解内心的痛苦。所以，在这首偈子之后，他又写了一篇《寄生草》做进一步阐述，其中末句"从前碌碌却因何？到如今回头试想真无趣"[①]更明确地展现出他对自己忙碌周旋于众人之间，却没有获得认可的感慨。

其实，宝玉的感慨何尝不是设计师的日常"感慨"呢？作为一群勤奋的，有着敏锐感受力、对时尚前沿的领悟力和技术追踪力的设计师，我们始终让自己置身于"证道"的努力中，力求使我们的作品符合历史潮流，迎合当代审美，成为新技术与艺术感的结合，

---

① ［清］曹雪芹：《红楼梦》，第 298 页。

我们最大限度地实现了设计的功能性和前瞻性。但是，这样的作品有时候并没有让包括我们自己在内的受众满意。过度用力使我们自己身心俱疲，却没有收获期待中的正向反馈。那么，我们到底应该"证"还是"不证"呢？

在小说中，黛玉其实给出了引导。作为一个心性修养远高于宝玉的悟道者，黛玉通过打机锋的方式来对宝玉进行开示。她连问两个问题："至贵者是'宝'，至坚者是'玉'。尔有何贵？尔有何坚？"这个问法类似佛门著名公案：

举僧问赵州："如何是赵州？"州云："东门西门南门北门。"

对此，两宋之间禅门领袖圆悟克勤这样解："大凡参禅问道，明究自己，切忌拣择言句，何故？不见赵州举道：'至道无难，唯嫌拣择。'又不见云门道：'如今禅和子，三个五个聚头口喃喃地，便道，这个是上才语句，那个是就身处打出语。不知古人方便门中，为初机后学，未明心地，未见本性，不得已而立个方便语句，如祖师西来，单传心印，直指人心，见性成佛，那里如此葛藤，须是斩断语言，格外见谛，透脱得去，可谓如龙得水，似虎靠山。'"①也就是说，表达禅悟不要"拣择言句"，因为语言只是为后学者提供方便之门，所以要"斩断语言，格外见谛"。语言也可以被视为一切世俗标准、名目，因为它是不可避免的，那么怎样才能使语言成为真知本性的传达工具而不是"意障"呢？赵州以"东南西北"四门回答什么是"赵州"，故意斩绝提问中的陷阱，以"无机"夺"机

---

① [宋] 重显颂古，克勤评唱：《佛果圆悟禅师碧岩录》，第 149 页。

锋"，也就是直接指向内心，以心之所感、心之所悟作为无上标准。

所以，宝玉回答不出"宝""玉"在哪里是因为他被世俗的标准所束缚，他所谓的证道也只是顺应世俗认知的证标准；黛玉为他续了两句"无立足境，是方干净"，实际上是为了斩断意障，让宝玉懂得只有探查清楚自己的内心，从心出发理解"禅"，才能真正参透。回到设计本身，成功的设计也不是从符合潮流、代表典范等角度出发加以衡量的，好设计一定是设计师心体万物，明察变化，为真需求做的真作品，不必铺满概念，只求自由而松弛。

登陟寒山道 ①

[唐] 寒山

登陟寒山道，寒山路不穷。

溪长石磊磊，涧阔草蒙蒙。

苔滑非关雨，松鸣不假风。

谁能超世累，共坐白云中。

▌阐述▌

　　此诗写的是通向寒山隐居的寒岩的山路。这条路与山溪一样曲折蜿蜒，山石崔嵬，荒草密布，因为很少有人走过，布满了青苔，时时可听阵阵松涛。这样的意境与陶渊明《归去来兮辞》中"三径就荒，松菊犹存"的描写极为相似，透露出诗人远离尘嚣，与自然为邻，以自由心灵感发人生真谛的追求。所以，在诗的结句，他点出了要超越"世累"（世俗困扰），在往来浮云中体悟生命本相的追求，其意趣与盛唐诗人王维《终南别业》中"行到水穷处，坐看云起时"类似。通篇语言简明平实，但构筑出的意境空灵而不乏深邃，呈现的主旨明显带有诗人的哲理思索。寒山这种求禅悟于内心

---

① 叶珠红编：《寒山诗集校考》，台北：文史哲出版社有限公司，2005 年，第 38 页。

修持的理念也影响了后人。宋代诗僧智圆居孤山，静默自守，少与外界往来，其生活状态与寒山颇为接近，其《孤山诗三首》之二（卷四十）云："四绝尘埃路，孤山景实孤。危巅侵迥汉，冷色浸平湖。古塔名支佛，新泉号仆夫。王维在何处，奇迹更堪图。"[①] 诗的首两句写通往隐居之所的道路，以地名入诗，且带有明显的隐射，"寒山""孤山"都是诗人傲然世外、独立不羁的人格象征。诗的二、三两联，智圆以孤山景物入诗，山势入云，湖光掩映；古老的佛塔和新发掘的泉水，一静一动，相得益彰。诗的尾联，智圆想到隐居终南山的王维，感叹说如果王维来到孤山，一定也会沉醉其中。句子中"奇迹"二字耐人寻味，孤山之奇并不在风景，而在于他为诗人提供了一个静谧安详的环境，使之可以参悟佛理，参透人生，是诗人心灵世界的放大和外部世界缩影的共生体。寒山的诗写得自然松弛，智圆的作品也是如此，这说明，向内而求能够推己及人，获得彻悟，也就能摆脱束缚，成就心性活泼与表达的松弛。

① ［宋］智圆：《闲居编》卷四十，载《续藏经》第 101 册，第 169 页。

【名称】兰亭图并书序

【年代】明

【作者】许光祚

【馆藏】故宫博物院

这幅画以山水为背景，表现兰亭修褉的故事。整个画面将兰亭雅集中的人物状态展现得十分精细。溪流两岸边绘众文士及童子，文士们分组而坐，或凝思或交谈，或观摩或挥毫，或倚栏观鹅，其中有一人袒胸盘坐，双手上举似为养气，另有两文士在喝交杯酒，形态生动。溪流间有荷叶托着酒杯顺流而下。兰亭雅集是中国著名的三大雅集之一。东晋穆帝永和九年（353年）三月三日，王羲之与谢安、孙绰、郗昙、魏滂、孙统、李充、许询、支遁、徐丰之，以及王家的凝之、涣之、元之、

献之等 42 人在会稽山阴别业兰亭，集合名流，行修禊事，饮酒赋诗，有 26 人作诗 32 首。时年 51 岁的王羲之于酒酣之时，用蚕茧纸、鼠须笔乘兴疾书，写下了《兰亭序》这篇享有"天下第一行书"之称的千古名迹。在这篇文章中，王羲之记叙了兰亭周围的山水之美和聚合的欢乐之情，也抒发了作者对好景难留的无奈及生死无常的感慨。面对茂林修竹，诗友酒侣，作者感慨万端：生命之途似长实短，今日之欢愉转瞬已为陈迹。永恒是种奢望，文字或可不朽。也许，作者内心此刻有一些凄怆悲凉，因为宿命，也因为家国，在一片温柔的山水中，纤细敏锐的思绪如常春藤缠绕着断壁残垣，以绝望衬托的生机充满张力。可说是，江南让书圣恣肆挥洒出生命中无法复制的潇洒与辉煌，而把生命本质感悟与山水自然之理传递给后世画家，也让作品中呈现出一派淡泊自然、潇洒灵动的气息。

❧ 跟着案例说设计 ❧

　　日本名古屋市中心的久屋大通公园建于1970年，占地约54 000平方米，在1978年进行了地铁及地下商业的立体开发，是名古屋市重要的商业休闲中心。但是历经40年的发展，公园的设施日益老旧，商业模式已经不符合当下的生活形态，过度繁密的绿化造成了城市中轴线的视觉断裂。2018年，三井不动产通过Park-PFI（Park-Private Finance Initiative，公园私人融资和运营）制度对久屋大通公园进行改造更新，并于2020年9月以"Hisaya-odori Park"的案名使之重获新生。

　　在更新设计中，三井不动产商业品牌"RAYARD"捕捉到了情绪经济趋势的信号及当代人的心理变化，以"光的庭院"与"微笑平台"为核心理念，围绕松弛感进行设计。根据英国埃克塞特大学的研究，每周花两个小时以上与大自然互动，可以有效减轻人们的压力。设计者结合原有的公园优势，通过调整原来公园树木的生长密度与种植排列形式，使公园绿化具有通透性并与电视塔构成通景，从而保留了2 300平方米的榉树林景观。此外，还实施了四季色彩变化的植木计划，种植了八种不同颜色、不同时期开放的樱花以延长花的观赏期，给消费者带来舒适的游逛体验。同时，设计者还融入低密度、高品质、强互动的商业设施，打造多维度的细节体验感，让细节场景与精彩瞬间在消费者心中留下深刻印象，营造记忆点，从而让项目与消费者之间产生高度黏性。通过公园景观更新和商业设施升级，这个老公园既重新焕发了商业的活力，又疗愈了人们的情绪，被誉为名古屋的"城市活力地标"。

时序与幸福

开宗明义

对于很早就进入农耕时代的民族而言，季节变换，四时轮回，日升月落，春风秋雨都与我们的生活息息相关。时序感，刻入了中国人的文化血脉。在设计中，时序往往通过光影来表达，于变化中体会时间的流逝，在静观默照里探寻个体生命与自然宇宙的遇合。

❀文学导引❀

　　宝玉便也正要去瞧林黛玉，便起身拄拐辞了她们，从沁芳桥一带堤上走来。只见柳垂金线，桃吐丹霞，山石之后，一株大杏树，花已全落，叶稠阴翠，上面已结了豆子大小的许多小杏。宝玉因想道："能病了几天，竟把杏花辜负了！不觉已到'绿叶成荫子满枝'了！"因此仰望杏子不舍。又想起邢岫烟已择了夫婿一事，虽说是男女大事，不可不行，但未免又少了一个好女儿。不过两年，便也要"绿叶成荫子满枝"了。再过几日，这杏树子落枝空，再几年，岫烟也未免乌发如银，红颜似槁了，因此不免伤心，只管对杏流泪叹息。

　　正悲叹时，忽有一个雀儿飞来，落于枝上乱啼。宝玉又发了呆性，心下想道："这雀儿必定是杏花正开时他曾来过，今见无花空有子叶，故也乱啼。这声韵必是啼哭之声，可恨公冶长不在眼前，不能问他。但不知明年再发时，这个雀儿可还记得飞到这里来与杏花一会了？"

——《红楼梦》第五十八回

杏子阴假凤泣虚凰　茜纱窗真情揆痴理 ①

---

① ［清］曹雪芹：《红楼梦》，第800页。

‖ 阐述 ‖

中国人是最擅长用时序来表达生命体验的。"采薇采薇，薇亦作止。曰归曰归，岁亦莫止"（《诗经·小雅·采薇》）[①]是通过写薇菜的成长表达对久久不归的征人的思念；"悲哉，秋之为气也！萧瑟兮，草木摇落而变衰"（宋玉《九辩》）[②]是借秋风肃杀、草木凋零写贤士不遇；"阳春布德泽，万物生光辉"（《长歌行》）[③]写出了青春的美好及易逝；如此种种，不胜枚举。在时序的变化中，人们感知到了生命在不同节点生成的感悟，体会到了人在大化流行中的价值与意义，理解了生命有限性与宇宙无限性之间的矛盾与统一。

在小说的这一节中，宝玉来到园中，时值暮春，绿盛红稀，在他眼中，流逝的时间带走了青春与美好。满枝青杏意味着韶华将去，生命由诗性的浪漫逐渐步入理性的世俗。这个段落很明显能看出是从唐人杜牧的《叹花》诗中脱化而出的："自恨寻芳到已迟，往年曾见未开时。如今风摆花狼藉，绿叶成阴子满枝。"[④]这首诗的背后有一个爱而不得的凄美故事。晚唐高彦休《唐阙史》记载，杜牧

[①] [宋] 朱熹：《诗经集传》卷四，载 [清] 永瑢、纪昀等编《文渊阁四库全书》第 72 册，第 814 页。

[②] [汉] 王逸：《楚辞章句》卷八，载 [清] 永瑢、纪昀等编《文渊阁四库全书》第 1062 册，第 55 页。

[③] [元] 刘履编：《风雅翼》卷一，载 [清] 永瑢、纪昀等编《文渊阁四库全书》第 1370 册，第 13 页。

[④] [清] 曹寅、彭定求等编：《全唐诗》第 8 册卷五二四，第 6047 页。

早年游湖州的时候，认识了一位民间女子，年龄十余岁，杜牧与其母约定十年后来娶她。过了十四年，杜牧任湖州刺史，准备前往迎娶，但其母说女儿已嫁人三年，生二子。因为错过，伊人化作了诗人心上的朱砂痣，定格在诗境中，此后千年，深红色的杏花里藏进了最缠绵的相思与最无解的追忆。许多年以后，有着相似经历的词人姜夔写下了一首《鹧鸪天·元夕有所梦》："肥水东流无尽期。当初不合种相思。梦中未比丹青见，暗里忽惊山鸟啼。春未绿，鬓先丝。人间别久不成悲。谁教岁岁红莲夜，两处沉吟各自知。"① 词人半生漂泊，依人而居，当他在合肥遇见一位美丽的琵琶伎时，虽然爱情萌生，但苦于生计，不能求娶。二十年后，故地重游，回想当时的欢聚，竟成一生之梦幻。伊人远去，后会无期。梦中相见，又被山鸟惊醒。愁思绵绵，茫然无尽。在元宵佳节，众人争放荷花灯许愿之时，词人只能默默回首，遥想当年，想来，那女子也是吧。与杜诗全用意象相比，姜词稍显直白发露。但是，同样以时序节令为底色，以眼前景写旧时情，两者何其相似。

　　站在大观园中的宝玉，此时此刻，心境大约也与两位古人相通。他是喜聚不喜散的性子，却也知道，这些明珠一般美好的女孩终究不能与他长相厮守，在青春里，他们彼此为过客，用最美丽的时光和最美好的情怀写就足够永生追忆的诗篇。所以，宝玉看到飞在杏花枝上的雀儿才会生出"但不知明年再发时，这个雀儿可还记得飞到这里来与杏花一会了"的感慨。

---

① 唐圭璋编：《全宋词》第 3 册，第 2797 页。

以时序更替，景物变化为背景，作者让故事的情节变得厚重且耐人寻味。读者在欣赏这一段文字时，常常会同主人公一样，如同咀嚼一颗青橄榄，有生涩的疼痛，更有无尽的滋味。在"时间"有限性的衬托下，"情"的珍贵与易变让人更加印象深刻。时间为幸福感标定了期限，因而幸福变得真实且珍贵。

其实，对于设计师而言，把时间感融入设计是一种有效引发受众情感共振的手法。《世说新语》中是这样描述的："桓公北征经金城，见前为琅邪时种柳，皆已十围，慨然曰：'木犹如此，人何以堪！'"① 在时间的衬托下，功名霸业纵然赫赫扬扬，却难逃自然规律的侵蚀，人无法规避走向终点的结局，因此会格外重视过程中的精彩。好的设计，会让时间参与作品的雕琢，以变化来展示不同层次与阶段的美，光、影、风、材料都被引入表达时间的范畴。如果说，那棵见证过桓司马意气飞扬的少年时光的老树，用一片垂荫、一痕青苔、一杆触手苍老的树身，让百战归来的游子抚今追昔，感叹造化的无情与多情，留下千古名句，那么，那些引入了时间元素的设计也同样会让受众品万象，见内心，这样的设计是预留了幸福感的设计。

---

① ［南朝·宋］刘义庆：《世说新语》卷上，载［清］永瑢、纪昀等编《文渊阁四库全书》第1035册，第52页。

蝶恋花·戊申元日立春席间作①

[宋] 辛弃疾

谁向椒盘簪彩胜。整整韶华，争上春风鬓。往日不堪重记省。为花长把新春恨。

春未来时先借问。晚恨开迟，早又飘零近。今岁花期消息定，只愁风雨无凭准。

▌阐述▐

此词写于南宋淳熙十五年（1188 年）元旦，当时辛弃疾已经罢官闲居五年。时值初春，正待花开，饮着椒酒，美人头上佩戴着应节的首饰，恰是大好年华。春日之美，在鬓发上争相体现。想到流逝的时光，那种忧愁不想重新回味，因为怜惜花时，常常埋怨春天。春天还没有来的时候，就一直追问花何时能开，开得迟了，让人心生幽怨，开得早了，又怕转瞬凋零。纵然花开的时间已经确定了，却又怕风雨忽来，无法预测。这是一首无理而妙的词，作者以小儿女的口吻述说了诸多抱怨：花时过早或过晚都令人惆怅，恰逢好时节，却又怕风雨摧残。这样的埋怨里有天真，有娇憨，左右为难里

---

① 唐圭璋编：《全宋词》第 3 册，第 2456 页。

透露出对青春易老、韶华难久的感伤。不过，只把这首词当成闺中儿女的娇嗔却是小看了它，岁往年来，时序更迭之时，最容易引发词人对生命的感触，当时，稼轩已年近半百，生命渐入老境，因而，刻意伤春的背后是作者对命运空受拨弄、不由自主的深深无奈。读这首词，我们可以感受到以乐景写哀情的巨大情感张力。

【名称】槐隐图册

【年代】清

【作者】王翚、恽寿平

【馆藏】故宫博物院

光影是变化的，唯有变化才是永恒的。这间书屋在槐荫的遮蔽之下，一年四季，各有其美。我们可以站在画家的立场上展开想象：春风来时，新绿初生，枝叶的缝隙里漏下和煦的阳光，书窗之上，枝影散漫，生机灵动；长夏盛时，浓荫遍地，暑气顿消，无风白凉；秋月朗照，桂华流瓦，落叶灯火，静穆从容；冬寒料峭，一树霜雪，银装素裹，大美不言。随着时序变化，槐荫形成的光影把书屋从静美之诗演化为灵动之乐，随着自然的呼吸，日月的运行，星移斗转的规律形成自己的节律，这种节律合时，合地，合人，合文化，故虽经岁月磋磨却依旧让"聆听者"怦然心动。

❀ 跟着案例说设计 ❀

在日本濑户内海中直岛上的贝尼斯之家，光和自然里流动着时间感。在这座艺术博物馆式的酒店中，安藤忠雄布置了四座几何形的建筑作为四个主题区：博物馆、椭圆体、公园、海滩。他用清水混凝土作为外墙材质，通过创新浇筑的方式，使之光滑细腻，能够带来温润的手感。自然光线搭配大块面的混凝土，营造出简洁素雅、明亮洁净的空间。清水混凝土能够构造出独特的力度、清洁感、素材感等，设计师将"无为而为"的东方美学理念展示得淋漓尽致。更加值得一提的是，清水混凝土独有的肌理可以随着四季光影变化呈现出不同的颜色和光泽度，从而营造出不同的氛围和情感联系。从建筑本体来看，在这四座建筑中，"椭圆体"尤为瞩目。六套客房围绕一个椭圆形池塘建成，天顶透光，令人无比畅快，四时变化，眼底尽收。建筑之美在时序流转中获得了充分表达。

性灵与勤奋

开宗明义

　　苦吟从来不成诗，诗来自性灵。性灵由两个层面构成：天赋与习得。天赋不可求，习得却可追。所以，苦吟之所得，必源自苦读。同理，对于设计师，勤奋不仅能提升技能，还可以装备丰厚的知识库。而知识库的最大价值在于滋养性灵，培养设计师的直觉表达能力。当然，连接性灵与勤奋的重要一环是有效获取真知。

153

《文学导引》

　　原来香菱苦志学诗，精血诚聚，日间做不出，忽于梦中得了八句。梳洗已毕，便忙录出来，自己并不知好歹，便拿来又找黛玉。刚到沁芳亭，只见李纨与众姊妹方从王夫人处回来，宝钗正告诉他们说他梦中作诗说梦话。众人正笑，抬头见他来了，便都争着要诗看。

——《红楼梦》第四十八回^①

滥情人情误思游艺　慕雅女雅集苦吟诗

　　话说香菱见众人正说笑，他便迎上去笑道："你们看这一首。若使得，我便还学；若还不好，我就死了这作诗的心了。"说着，把诗递与黛玉及众人看时，只见写道是：

　　精华欲掩料应难，影自娟娟魄自寒。一片砧敲千里白，半轮鸡唱五更残。绿蓑江上秋闻笛，红袖楼头夜倚栏。博得嫦娥应借问，缘何不使永团圆！

　　众人看了笑道："这首不但好，而且新巧有意趣。可知俗语说'天下无难事，只怕有心人'。社里一定请你了。"

——《红楼梦》第四十九回

琉璃世界白雪红梅　脂粉香娃割腥啖膻^②

---

① ［清］曹雪芹：《红楼梦》，第 651 页。

② 同上书，第 653 页。

阐述

大观园中论诗人，前有黛玉、宝钗，后有湘云、宝琴，香菱是排不上座次的。她虽出身诗礼之家，却自幼被拐卖，沦落为薛蟠之妾，身世可怜。在整本书中，她的存在感并不强，但起到了一个情节串联的作用。因其走失，引出了甄士隐的出家；因其被薛蟠所抢，引出了四大家族的"护官符"；她一生中最"高光"的时刻便是在大观园中"学诗"的片段了。香菱是个兰心蕙质的女孩子，连孤高自诩、目下无尘的林黛玉都对她喜爱有加，亲自点拨她，让她从揣摩前人诗句入手，以窥诗道天机。香菱十分刻苦，手不释卷，"回至蘅芜苑中，诸事不顾，只向灯下一首一首的读起来"。在读诗的过程中，她慢慢形成了自己的诗学观："看他《塞上》一首，那一联云：'大漠孤烟直，长河落日圆。'想来烟如何直？日自然是圆的。这'直'字似无理，'圆'字似太俗。合上书一想，倒像是见了这景的。若说再找两个字换这两个，竟再找不出两个字来。再还有'日落江湖白，潮来天地青'，这'白''青'两个字也似无理。想来，必得这两个字才形容得尽，念在嘴里倒像有几千斤重的一个橄榄。"[1]"无理而妙，有余不尽"是香菱的读书心得，她的起点虽低，但取法乎上，学习的知识体系规范，所以很快领悟了诗歌表达中审美的奥义。

在读诗的基础上，香菱开始了自己的创作。值得我们注意的是，当香菱初次尝试写作时，她其实只读了王维一家作品，杜甫诗刚刚拿回来，心痒难耐的她"喜的拿回诗来，又苦思一回作两句诗，又舍不得杜诗，又读两首"[①]，这样边读边写的结果，可想而知。"月挂中天夜色寒，清光皎皎影团团。诗人助兴常思玩，野客添愁不忍观。翡翠楼边悬玉镜，珍珠帘外挂冰盘。良宵何用烧银烛，晴彩辉煌映画栏。"[②]这首诗是非常典型的初学者之作，平仄音韵并无问题，但辞藻堆砌，翡翠楼、珍珠帘、玉镜、冰盘、银烛、画栏，看似华丽，实则空洞无物，诗中也看不到作者的独特生命感悟，只能说，徒具形式。这样的作品倒是与现在很多 AI 写诗工具写出来的很相似。所以，黛玉说："意思却有，只是措词不雅。皆因你看的诗少，被他缚住了。"一针见血地指出香菱的问题在于她的知识储备不足，因此，即便再有天赋也无法写出好的作品。她让香菱"放开胆子去作"，就是想让她不受束缚，以更丰富有效的信息输入拓展她的知识库。

果然，香菱的第二首诗在她"或坐在山石上出神，或蹲在地下抠土"[③]之后写了出来："非银非水映窗寒，试看晴空护玉盘。淡淡梅花香欲染，丝丝柳带露初干。只疑残粉涂金砌，恍若轻霜抹玉栏。梦醒西楼人迹绝，余容犹可隔帘看。"[④]比起前一首，这篇境界稍开，

---

① ［清］曹雪芹：《红楼梦》，第 649 页。

② 同上。

③ 同上。

④ 同上书，第 650 页。

懂得了借物抒情，也没有密铺辞藻，虽然金砌、玉栏仍是烂熟的堆砌，但尾联一笔宕开，兴象高远了许多。不能不说，大观园的山水园林提升了香菱的审美水平。只不过，这首诗就如宝钗所说，落点没有在"月"的本体之上，而是更像咏月色。

　　经过了两次不成功的尝试，香菱并不想放弃。众人为了开解她，特地带她去惜春房中看画。香菱对着画稿脱口而出："这一个是我们姑娘，那一个是林姑娘。"[1]这句话，看似闲笔，实则颇有深意。小说中曾有交代，惜春并不擅长工笔，所以她画人物几乎做不到惟妙惟肖，之所以"像"，必定是因为她把握了人物的精气神，离形得似。这对于苦苦寻觅诗境的香菱来说，无疑是一种"当头棒喝"，让她开悟了。虽然，小说中没有明写香菱看画后的领悟，但她梦中作诗，成就佳篇的结果无疑说明她领悟了写诗的门径。她的第三篇作品中已经看不到满目绮丽，而是破题直接，状物合理，更难得的是颔联一笔，从天上转到人间，境界顿开。结句"博得嫦娥应借问，缘何不使永团圆"，仿佛从苏轼《水调歌头·明月几时有》的"但愿人长久，千里共婵娟"中化出，引人感叹。这其中也带着香菱本人辗转漂泊、故园难归、亲恩永隔的感慨，情辞合一，意蕴深厚，因此，诸人皆称其"新巧有意趣"。

① ［清］曹雪芹：《红楼梦》，第651页。

香菱学诗的成功清晰地展现了以勤奋开启性灵的过程，她勤读苦思，积累自己的知识库，反复尝试，将知识库中的储备活学活用，最终触类旁通，佳作天成。对于设计师来说，何尝不是如此呢？比起前人，在这个知识大爆炸的时代，我们获取信息的手段是多样化的，但如何从信息中筛选知识，构建知识库？如何有效调用知识库中的资源，化人为己，最终成就既展现设计师性灵，又根基扎实的作品？这依然需要以勤为径，立定脚跟；以经典为素材，博观约取，勤奋者必厚于性灵，厚于性灵者必有效获取真知。

经典回望：有效的勤奋

送安惇秀才失解西归①

[宋] 苏轼

旧书不厌百回读，熟读深思子自知。

他年名宦恐不免，今日栖迟那可追。

我昔家居断还往，著书不暇窥园葵。

揭来东游慕人爵，弃去旧学从儿嬉。

狂谋谬算百不遂，惟有霜鬓来如期。

故山松柏皆手种，行且拱矣归何时。

万事早知皆有命，十年浪走宁非痴。

与君未可较得失，临别惟有长嗟咨。

▌ 阐述 ▌

林语堂的《苏东坡传》评价苏轼："苏东坡是个秉性难改的乐天派，是悲天悯人的道德家，是黎民百姓的好朋友，是散文作家，是新派的画家，是伟大的书法家，是酿酒的实验者，是工程师，是假道学的反对派，是瑜伽术的修炼者，是佛教徒，是士大夫，是皇帝的秘书，是饮酒成癖者，是心肠慈悲的法官，是政治上的坚持己

---

① 傅璇琮等编：《全宋诗》第 14 册卷七八九，第 9138 页。

见者，是月下的漫步者，是诗人，是生性诙谐爱开玩笑的人……"①
从这个评价中我们可以看到，苏轼是一个全能型的天才。但，即便
这样不世出的人物，在谈到自己读书心得的时候却非常诚恳地说，
要反复阅读旧书，理解其中的深意。这里讲的"旧书"，当然以儒
家经典为主。在苏轼看来，经典著作蕴含着大道，所以必须反复阅读，
才能领悟真意。

　　经典之外，苏轼对史书也非常重视。南宋陈鹄所著《西塘集耆
旧续闻》卷一中记载，苏轼在贬官黄州之后，有一日司农朱载上去
拜访苏轼，可是过了好长时间，苏轼才出来见他，满脸惭愧地感谢
朱载上久久等候的诚意，并且说："刚才我做完了每天的功课，才
耽误了些时间，有失迎接。"朱载上问道："刚才先生所说的每天
的功课，是怎么回事？"苏轼回答说："我正在学习《汉书》，每
天都是边读边手抄。"朱载上听后，很是吃惊，说道："凭先生的
天赋，打开书卷，一经浏览，就会终身不忘，怎么还要用手抄这种
费力的办法呢？"苏轼说："非也！我读《汉书》，到今天一共手
抄了三遍！最初是一段事手抄三个字作为标记，第二次则减少为两
个字，现在则减少到一个字就行了。""足下可以随便找出我标记
中的一字为例，我来背诵。"朱载上照他说的随便找出一个字，苏
轼就应声背出了那一段几百字的内容，结果与《汉书》原文无一字
差错。朱载上接着又挑了几个字试验，都与第一次一样，没有一点
儿错误。朱载上感叹很久，不禁说道："先生真是下凡神仙一样的

---

① 林语堂：《苏东坡传》，张振玉译，上海：上海书店，1992 年，第5—6 页。

160

天才啊！"①

　　其实苏轼对史书的熟悉，我们通过其早年的经历就可以一窥端倪。宋仁宗嘉祐二年（1057年），苏轼应礼部试作《刑赏忠厚之至论》，其中有"当尧之时，皋陶为士。将杀人，皋陶曰'杀之'三，尧曰'宥之'三"②。当主考官欧阳修问他，这个典故出自哪里时，苏轼回答出自《三国志》的"孔融传"，但是欧阳修遍翻此书，没有找到；再问，苏轼回答是用孔融与曹操的对话推想出来的。欧阳修感叹，苏轼读史书活学活用。

　　读经典明道，读史书增智，由此可见，有效的勤奋造就了一代文宗苏轼。

---

① 　王云五主编：《丛书集成初编本》第2776册，上海：商务印书馆，1937年，第1页。

② 　[宋]苏轼：《东坡全集》卷四十，载[清]永瑢、纪昀等编《文渊阁四库全书》第1107册，
　　第548页。

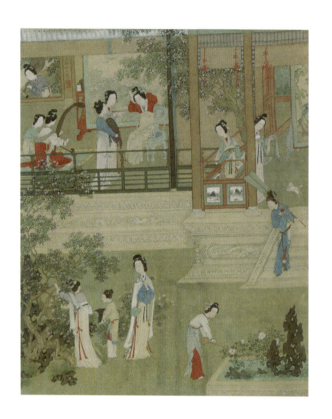

【名称】人物故事图册之贵妃晓妆

【年代】明

【作者】仇英

【馆藏】故宫博物院

"吴门四家"之一的仇英，初为漆工，后改学绘画。移居苏州后得识文徵明，并拜周臣为师，主宗南宋"院体"，在继承唐宋传统的工笔重彩人物和青绿山水方面取得了突出成就。因为匠人出身，他不善诗文，也不精于书法，在与吴门儒生才子并身而立的四家里，是少有的异数。在《红楼梦》的第五十回"芦雪庵争联即景诗　暖香坞雅制春灯谜"中提到，贾母来芦雪庵凑热闹，看到薛宝琴抱着梅花。"贾母喜得忙笑道:'你们瞧,这雪坡上配上她的这个人品,又是这件衣裳,后头又是这梅花,像个什么?'众人都笑道:'就像老太太屋里挂的仇十洲画的《艳雪图》。'"这里的仇十洲就是仇英。可见在清中叶的贵族之家中,他的画是广为人知的。

仇英早年习画无人指点,但他想尽办法临摹学习沈周、文徵明、唐寅、周臣等人的画,十七八岁的时候,他独自到苏州城一边当漆匠,一边学画,在那儿认识了文徵明。文徵明对他非常友善,正德十二年(1517年)的时候,文徵明邀请了他一起绘制《湘夫人》,这对刚摆脱漆匠的身份专心学画的仇英来说是莫大的荣誉。但当时文徵明对仇英的设色并不满意,最后就自己上手了。也正是因为此事,仇英刻苦钻研用色,最终达到了很难被超越的高度。文徵明赴京时将仇英托付给了周臣,周臣画里的院体风格成为仇英日后绘画风格中鲜明的特色。仇英学习非常刻苦,凭借出入项氏天籁阁的机会,他专注地临摹了非常多的古人画作,连不喜欢他的董其昌都感慨:"实父作画时,耳不闻鼓吹阗骈之声,如隔壁钗钏,顾其术亦近苦矣。"与他同时代的王宠评价仇英画画"笔不妄下",没有一笔无来处,树石从刘松年里来,人物画学习吴道子,宫殿楼宇学郭忠恕,山水学李思训,一人能兼众长。王世贞也说他"于唐宋名人画无所不摹写,皆有稿本,其临笔能夺真,米襄阳不足道也"。

有效的勤奋造就了仇英卓越的绘画品格。他的山水以青绿重色为主,布局宏大繁复又明快清朗,所绘建筑工致精确而不刻板,山石勾勒规整中见放逸,树木灵活多变,注意色调的统一与柔和、显得艳而不媚。人物画以工笔重彩为主,尤善仕女,所绘侍女体态俊美,笔法细微,敷色妍柔,虽不及唐寅笔下人物神态灵动,但细节描绘有过之无不及,有"仇派"仕女之称。这一点,从"贵妃晓妆"图册中就可以看到。画面表现的是杨贵妃清晨在华清宫端正楼对镜理鬓,将宫女奏乐、采花和携琵琶等情节同现于一个画面,体现了唐代宫廷生活奢华与艺术性并存的特点。

跟着案例说设计

时尚设计圈没有人不知道卡尔·拉格斐，2015年11月，他在伦敦举行的英国时尚大奖典礼上获得杰出贡献奖。1983年，他成为知名品牌香奈儿的设计师，每年为香奈儿设计多个系列时装。他也是知名时装品牌芬迪的领衔设计师和创意总监，还曾推出个人同名时装品牌"Karl Lagerfeld"。执掌香奈儿之初，拉格斐看中长得和可可·香奈儿酷似的伊娜·德拉弗拉桑热，以她为灵感来源，顿时创意如泉涌，为香奈儿带来了全新的感觉。他策划了人人疯转的品牌广告，还特别强调双C标识经典元素，让品牌再度腾飞。拉格斐的创作力远不止于时尚圈，而是跨越了室内、家具、雕塑等多个设计、艺术领域。2018年10月，巴黎Carpenters Workshop Gallery举办了以"建筑"为主题的拉格斐雕塑展，而他的室内设计作品也遍及全球，右图中所示的德国柏林的Schlosshotel im Grunewald酒店的室内设计就是出于他手。其中Grunewald套房以粉色和黄色为基调，洋溢着热情的法国气息，结合了建筑本身的历史特点和高档的生活方式，客房和浴室采用最好的织物、定制的家具和花卉浮雕的装饰性玻璃，呈现出令世人惊艳的美。而他自己设计的公寓则展现出一种极简主义的未来感，几乎只有黑、白、灰三色，并采用了大量的玻璃，体现出了他另类的色彩观。

尽管有天才之称，但数十年来，拉格斐始终保持着每天专注阅读的习惯，而且大部分阅读都在早晨完成。坐在靠近窗户能看见卢浮宫和塞纳河畔的地方，他看书，画图，任想象飞舞，还阅读大量法国、英国、美国和德国的文章，尤其是女士服饰杂志。在睡觉之前，

他也会将阅读作为一项重
要的工作，20 份当日新闻
报纸让他始终保持着对时
尚最敏锐的嗅觉。

师古与通今

开宗明义

　　探索经典，实现历史经验的当代转化，完成文化基因的当代传承，助推中国文化精神的当代传播，在中国设计中体现鲜明的文化识别度和精准的文化表现力，是设计师的文化使命。师古，意在通过对关键文化特征的提取、分析，建立素材库，使之成为设计转化创新的基础；通今，则注重转译和变化，以当代技术为载体，以设计语言传播优秀传统文化。

❀文学导引❀

因曾历过一番梦幻之后，故将真事隐去，而借"通灵"之说，撰此《石头记》一书也。……

所以我这一段故事，也不愿世人称奇道妙，也不定要世人喜悦检读，只愿他们当那醉淫饱卧之时，或避事去愁之际，把此一玩，岂不省了些寿命筋力？就比那谋虚逐妄，却也省了口舌是非之害，腿脚奔忙之苦。再者，亦令世人换新眼目，不比那些胡牵乱扯忽离忽遇，满纸才人淑女、子建文君红娘小玉等通共熟套之旧稿。我师意为何如？

空空道人听如此说，思忖半晌，将《石头记》再检阅一遍，因见上面虽有些指奸责佞贬恶诛邪之语，亦非伤时骂世之旨；及至君仁臣良父慈子孝，凡伦常所关之处，皆是称功颂德，眷眷无穷，实非别书之可比。虽其中大旨谈情，亦不过实录其事，又非假拟妄称，一味淫邀艳约、私订偷盟之可比。因毫不干涉时世，方从头至尾抄录回来，问世传奇。从此空空道人因空见色，由色生情，传情入色，自色悟空，遂易名为情僧，改《石头记》为《情僧录》。

——《红楼梦》第一回
甄士隐梦幻识通灵 贾雨村风尘怀闺秀①

---

① [清]曹雪芹：《红楼梦》，第1，5—6页。

▌阐述▐

　　鲁迅先生在《中国小说史略》一书中谈道："至于说到《红楼梦》的价值，可是在中国底小说中实在是不可多得的。其要点在敢于如实描写，并无讳饰，和从前的小说叙好人完全是好，坏人完全是坏的，大不相同，所以其中所叙的人物，都是真的人物。总之，自有《红楼梦》出来以后，传统的思想和写法都打破了。"[①] 可见，他认为这部小说在中国古典小说中是一部具有划时代意义的创新作品。这种创新，根植于作者与传统小说家不同的创作理念。在中国古代，小说不属于主流文体，并未得到士大夫阶层的认可，用鲁迅的话来说，"小说者，仍谓寓言异记，不本经传，背于儒术者矣"。[②] 这样的观点导致传统的小说创作者多数以稗官野史、愉情遣性，或者搜奇志怪的态度来对待。这种传统对《红楼梦》的创作带来的直接影响是，为故事套上了一个神话的外壳，形成了与现实之间的屏障，构成了现实与梦幻二元并立的小说结构，同时，对于通俗性、娱乐性的追求在小说中形成了某些较为露骨的情色描写。

　　而对于作者而言，他虽然受到传统小说观念的影响，但他的创作更是一种源于情感内驱力的创作。从曹玺开始，曹家三代四人相继担任江宁织造60多年。曹寅工诗善词，在江南地区广接文士，为康熙王朝笼络读书人，一生著述甚丰，并且汇编了《全唐诗》。这

---

① 鲁迅：《中国小说史略》，合肥：安徽人民出版社，2013年，第238页。

② 同上书，第1页。

样的家庭文化背景给了作者接触江南文学的极便利条件。再就经历论，承受过熙朝盛宠，经历过烈火烹油般的繁华，当曹氏家族被新君所忌，落得个"白茫茫一片大地真干净"的下场，被迫北迁时，那种红尘里一个筋斗落下来，从天堂到地狱的反差足够让人痛心疾首，甚至长恨无极。在这种心态下，创作一定会带上鲜明的个体生命经验的烙印。所以，作者道："虽其中大旨谈情，亦不过实录其事，又非假拟妄称，一味淫邀艳约、私订偷盟之可比。"明白地告诉了世人，虽然小说仍然披着言情的外衣，但实际上是真实的生命经历，家族兴亡，他不是要写一个故事，而是要写一段"实录"。作者于悼红轩中"披阅十载，增删五次"，就是为了尽可能地让小说呈现出他心中无法抛弃和割舍的深情。

作者"亦令世人换新眼目，不比那些胡牵乱扯忽离忽遇，满纸才人淑女、子建文君红娘小玉等通共熟套之旧稿"的表述，充分说明他对传统小说的母题有充分的认知，也非常熟悉这类文本。事实上，从小说的主题、叙事中也能看到诸如《金瓶梅》《西厢记》等书的影响，但是作者依据自己的生活经历写所见所感，从个体家族的命运悲剧入手写出了群体渐渐走向没落的时代之悲，用鲁迅的话来说："全书所写，虽不外悲喜之情，聚散之迹，而人物事故，则摆脱旧套，与在先之人情小说甚不同。"①

---

① 鲁迅：《中国小说史略》，第 159 页。

小说的内容与形式创新来自作家在谙熟经典后抽取的素材和表现手法与个体的生命体验、社会观察的融合。作为设计师，当面对新形势、新需求时，应该如何走我们的"创新"之路呢？同样，我们也不能忽视经典的力量。我们可以向历史求经验，在中国优秀艺术中提取具有鲜明识别度和文化联想的元素，这种提取不仅可以依靠设计师的审美判断，也可以采用诸如机器学习、人工智能的方法，构建具有特征数据库、探究特征应用规则、确立特征转化的指标体系，探索能被设计师有效调用的映像规则，通过数字化的方式实现优秀传统文化的当代设计转译。我们也可以向历史求场景，探索这些优秀传统艺术形式在其萌生、发展、兴盛等阶段，在不同社会阶层、不同应用领域的传播载体、传播重心，借此理解传统艺术的生命历程中人、事、物、场之间具有特殊性的聚合方式，探究在数字时代，新介质、新传媒助力新设计的路径方法。师古的最终目的，在于通今、通新、通变。

经典回望：重构与转化

新荷叶·和赵德庄韵①

[宋] 辛弃疾

人已归来，杜鹃欲劝谁归。绿树如云，等闲借与莺飞。兔葵燕麦，问刘郎、几度沾衣。翠屏幽梦，觉来水绕山围。

有酒重携。小园随意芳菲。往日繁华，而今物是人非。春风半面，记当年、初识崔徽。南云雁少，锦书无个因依。

‖ 阐述 ‖

这首词作于宋孝宗乾道六年至七年（1170—1171 年），当时作者仍在临安司农寺任上，赵德庄此前有两首《新荷叶》，稼轩依照原韵和作了两首词，这是其中之一。

作品非常清晰地体现了稼轩词善于用典的特色。作者一共引用了五个典故。上片借杜鹃鸣叫表达友人归来的高兴之情，责备杜鹃鸟不应该胡乱啼叫，破坏了作者兴致。"绿树如云，等闲借与莺飞"，化用丘迟《与陈伯之书》中的名句，寓情于景，情景交融，责备友人归来太迟，不能共赏春光，自己只能和黄莺做伴。接下来，作者又借用唐代诗人刘禹锡两次游玄都观的典故来抒发人事无常的感慨。

---

① 唐圭璋编：《全宋词》第 3 册，第 2421 页。

"翠屏幽梦，觉来水绕山围"，将友人的种种经历归于翠屏一梦，酒醒后抛却烦恼，悠闲地在山水间游玩。下片紧承上片，写乐游山水之意，作者带着美酒重游故园，看芳草依旧萋萋，生出物是人非、世事无常的感慨。当时佳人的娇羞之态好像仍在眼前，而今却是天涯相别，不通音信。此处用到了崔徽的故事，事见唐元稹《崔徽歌序》："崔徽，蒲妓也。同郡裴敬中以兴元幕为梁使蒲，一见动情，相从累月。敬中言旋，徽不得去，怨抑不能自支。后数月，敬中密友东川幕白知退至蒲，有丘夏善写真，知退为徽致意于夏，果得绝笔。徽捧画谓知退曰：'为妾谢敬中，崔徽一旦不及卷中人，徽且为郎死矣。'明日发狂，自是卒。"① 这个典故让人生发出无限联想，似乎受到了强烈的视觉冲击力，筑牢了词的情感基础。清人陈廷焯《白雨斋词话》卷七云"辛稼轩词运用唐人诗句，如淮阴将兵，不以数限，可谓神勇。而亦不能牢笼万态，变而愈工，如腐迁夏本纪之点窜禹贡也"②，可谓知者之言。

① ［清］张英编：《御定渊鉴类函》卷二百四十八，载［清］永瑢、纪昀等编《文渊阁四库全书》第 988 册，第 335 页。

② 唐圭璋编：《词话丛编》第四册，北京：中华书局，1996 年，第 3950 页。

值得注意的是，辛弃疾的用典不是简单地植入，他极喜用"赋"的手法，铺排致密，在作品中驱遣纷繁复杂且数量众多的典故，点化前人陈句。这种做法的益处在于词人巧妙地利用了阅读者内在的经验积淀与情感积淀，通过"唤醒"和"联通"的手法让文本中的典故形成潜在的相互支撑，提升文本的情感张力。清人冯金伯引《词苑丛谈》说："词至稼轩，经子百家，行间笔下，驱策如意。"①这恐怕是人们对稼轩词的共同观感。

---

① ［清］徐釚：《词苑丛谈》卷四，载［清］永瑢、纪昀等编《文渊阁四库全书》第1494册，第624页。

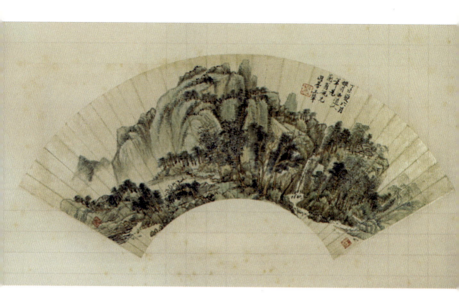

【名称】山水图

【年代】清

【作者】王翚

【馆藏】故宫博物院

王翚是清初"四王"之一，他不仅是一位绘画大家，而且在绘画理论上颇有建树。他适应了清初社会文化向传统复归的态势，在绘画上提倡学习古人的优秀传统，把宋元名家的笔法视为最高标准。王翚是王时敏和王鉴的弟子，两人家中精湛而丰富的收藏令王翚大开眼界，他得以观摩到大量的绘画秘本，这对他此后的发展起到了十分重要的作用。王翚作品中有大量摹唐宋名家的作品，如现藏于台北故宫博物院的《临范宽雪山图》，临摹范华原的雪山图，山势高峻复叠，老树萧瑟，用笔劲折，渲染无痕；藏于大都会艺术博物馆的《仿李成雪霁图》，全画笔墨清润，多勾染、少皴纹，画树以细笔勾勒，设色以石绿、赭石、白粉为主，正是画雪景之古法表现，如此种种，不胜枚举。但是，王翚并非一味师古，他在学习古人的过程中发现新生机，产生了新的审美意识。他曾说："以元人笔墨，运宋人丘壑，而泽以唐人气韵，乃为大成。"足见他兼收并蓄，古为今用的态度。他的老师王时敏认为王翚的山水画既师法古人，又师法自然，融会南北诸家之长，创立了所谓南宗笔墨、北宗丘壑的新面貌，故称"画有南北宗，至石谷而合为一"。如他的《山水图》，绘万壑千岩、草木葱茏、瀑布高悬直泻的江南风光。笔法学黄公望，但所画山石边缘上的苔点要比黄氏的更为繁密，形成了自己的特点。王翚对于以师古为门径，以创新为目标是有自觉意识的，他在《南田画跋》中说："前十余年，曾为半园唐氏摹长卷，时犹为古人法度所束，未得游行自在。最后为笪江上借唐氏本再摹，遂以弹丸脱手之势。娄东王奉常闻而异之，属石谷再摹，予皆得见之。盖其运笔时精神与古人相洽，略借粉本而洗发自己胸中灵气，故信笔所之，不滞于思，不戾于法，适合自然，直可与之并传，追踪先匠，何止下真迹一等？"[①]借粉本抒发胸中灵气的提法表明了画家有意从经典中脱化而出，得其精神，不被其绳墨的意识。

---

① 朱季海：《石涛画谱校注·南田画跋》，北京：中华书局，2013年，第188页。

❧ 跟着案例说设计 ❧

　　关于苏州博物馆设计的精彩之处，已经有很多研究者进行了详细阐述。贝聿铭先生 "中而新，苏而新"的设计理念，追求和谐适度，不高、不大、不突出的原则，大家耳熟能详。在博物馆的内庭院，令人瞩目的是以粉墙为纸，以石为绘的粉墙叠石。这一叠石理念来自明代计成的《园冶·掇山篇》："峭壁山者，靠壁理也。藉以粉壁为纸，以石为绘也。理者相石皴纹，仿古人笔意，植黄山松柏、古梅、美竹，收之圆窗，宛然镜游也。"①

　　为了达成这一目标，贝聿铭从中国古代山水书画中寻求灵感。他对扬州的片石山房情有独钟：园内假山传为石涛所叠，采用下屋上峰的处理手法。主峰堆叠在两间砖砌的石屋之上。有东西两条道通向石屋，西道跨越溪流，东道穿过山洞进入石屋。山体环抱水池，主峰峻峭苍劲，配峰在西南转折处，两峰之间连冈断堑，似续不续，有奔腾跳跃的动势，颇得"山欲动而势长"的画理，也符合画山"左急右缓，切莫两翼"的布局原则。这种叠石方式被吸纳到苏州博物馆的假山设计中。贝聿铭从石头着力，将浑厚的大石头切片，再高低错落排砌，石片颜色由深入浅，在朦胧的江南烟雨笼罩中层峦叠嶂，营造出米芾水墨山水画的意境，呈现出清晰的轮廓和剪影效果。"以墙为纸"的这面墙正是拙政园的墙，这种剪影使人看起来仿佛与旁边的拙政园相连，新旧园景笔断意连，巧妙地融为一体，形成了立体的山水画。

---

① ［明］计成著，李世葵、刘金鹏编著：《园冶》，北京：中华书局，2011 年，第 164 页。

　　博物馆粉墙叠石的惊艳效果不仅源于设计师对古代山水画艺术基因的继承，也源于现代材料、技术、理念与传统达成的协调。贝聿铭没有用太湖石和黄石等传统的造园置石材料，而是采用了泰安花岗石，这种石头来自山东泰山余脉，平时呈淡灰色，遇小雨变深灰色，大雨变为黑色。配合江南烟雨的自然条件，假山在不同时间呈现出不同的色彩，宛若水墨画。同时，贝聿铭将自己熟悉的光影设计也用到了这片假山上。山前有湖，一泓碧水舒卷开去，山影投射其中，只觉水无尽头，远山邈邈。山上青峰拔峭，湖光山色间，一片疏朗明秀。水中山影与墙上"影山"相呼应，逶迤不尽。

侬今葬花人笑痴，他年葬侬知是谁？

只要头一件立意清新，自然措词就不俗了。

场景篇

场，不仅是一个物理空间，
更是物与物、人与物、人与自然复杂关系的表
达，是包含情感、认知的，有组织结构的环境。

不说与不做

开宗明义

　　服务的设计是基于对服务目的的真正理解，对需求及服务提供者的能力进行综合考虑，求得综合最优结果的过程。最大的服务是发现潜在需求，并且以符合各方利益的方式实现需求的满足。

❀ 文学导引 ❀

  黛玉换上掐金挖云红香羊皮小靴，罩了一件大红羽纱面白狐狸里的鹤氅，束一条青金闪绿双环四合如意绦，头上罩了雪帽。

  二人一齐踏雪行来。只见众姊妹都在那边，都是一色大红猩猩毡与羽毛缎斗篷，独李纨穿一件青哆罗呢对襟褂子，薛宝钗穿一件莲青斗纹锦上添花洋线番羓丝的鹤氅；邢岫烟仍是家常旧衣，并无避雪之衣。一时史湘云来了，穿着贾母与他的一件貂鼠脑袋面子大毛黑灰鼠里子里外发烧大褂子，头上带着一顶挖云鹅黄片金里大红猩猩毡昭君套，又围着大貂鼠风领。黛玉先笑道："你们瞧瞧，孙行者来了。他一般的也拿着雪褂子，故意装出个小骚达子来。"

——《红楼梦》第四十九回

琉璃世界白雪红梅　脂粉香娃割腥啖膻 ①

---

① ［清］曹雪芹：《红楼梦》，第660—661页。

平儿走去拿了出来，一件是半旧大红猩猩毡的，一件是大红羽纱的。袭人道："一件就当不起了。"平儿笑道："你拿这猩猩毡的。把这件顺手拿将出来，叫人给那大姑娘送去。昨儿那么大雪，人人都是有的，不是猩猩毡，就是羽缎羽纱的，十来件大红衣裳映着大雪，好不齐整。就只他穿着那件旧毡斗篷，越发显的拱肩缩背，好不可怜见的。如今把这件给他罢。"凤姐儿笑道："我的东西，他私自就要给人。我一个还花不够，再添上你提着，更好了！"众人笑道："这都是奶奶素日孝敬太太，疼爱下人。若是奶奶素日是小气的，只以东西为事，不顾下人的，姑娘那里还敢这样了。"凤姐儿笑道："所以知道我的心的，也就是他还知三分罢了。"

——《红楼梦》第五十一回

薛小妹新编怀古诗　胡庸医乱用虎狼药 [1]

---

[1]　[清]曹雪芹：《红楼梦》，第692页。

设计师的红楼梦

▍阐述 ▍

　　这两段情节放在一起看，很耐人寻味。大观园中的女孩子齐聚芦雪庵，因为是下雪天，众人都穿上了避雪的衣服。大多数人穿的是大红斗篷，映衬着皑皑白雪，非常鲜艳夺目，因此，例外的人就非常令人瞩目了。李纨寡居，素来谨守本分，衣饰从来素淡，所以她穿青色的褂子。而且，她作为荣国府二房的长孙媳妇，又出身于国子祭酒这样的书香门第，无论身份还是修养都促使她比较偏重靠近本阶层的主流审美。清人李渔《闲情偶寄》说："大家富室，衣色皆尚青是已。"① 所以，李纨选择了这个最无可挑剔的颜色，这也与她一贯低调的为人处世方式相吻合。另一个选用青色系的是宝钗，她素来以大家闺秀规范自我约束，以朴素谦虚示人，所以她穿了莲青色，这是一种介于青紫之间的颜色。宋代李昉等人编纂的《太平御览》："芙蕖为荷。其华未发为菡萏，已发为芙蕖。其实莲，莲青皮……"② 这个颜色比纯青色更显年轻活泼一些，符合宝钗的年龄特点。在这一段中，另外两个与众不同的女孩子是史湘云和邢岫烟。湘云短暂客居贾府，逢大雪，没有带避雪服饰，所以穿着贾母给她的一套衣服，这是一套非常贵气但与湘云年龄身份并不太相符的衣服，但湘云穿上后十分有趣，所以黛玉跟她开玩笑，说她是"孙行者"。邢岫烟举家来投奔邢夫人，家境贫寒的她显然没有这些贵

---

① ［清］李渔：《闲情偶寄》卷七，清康熙（1662—1722 年）翼圣堂刻本，第 10 页。

② ［宋］李昉等编：《太平御览》卷九百九十九，载［清］永瑢、纪昀等编《文渊阁四库全书》第 901 册，第 759 页。

族小姐习以为常的服饰，而邢夫人对她也并不看重，所以她只能穿着旧衣。大观园中的女孩子们对岫烟的处境心知肚明，所以集体选择了沉默，这个时候"不说"，也是一种体贴。

第二个情节因袭人回家探母而引出，当时袭人已经得到王夫人的默许，获得了准"姨娘"的待遇，所以王熙凤对她给予特别关照，看到她没有雪褂子，特地让平儿拿一件给她。王熙凤的做法一石三鸟：袭人得到了面子和实惠，感恩戴德；在下人面前树立了自己宽仁待下的形象；不动声色地讨好了王夫人，因为袭人是她看中的。但是，精明如凤姐也有百密一疏的时候，平儿作为她的得力助手，及时进行了补救。她拿了两件雪褂出来，一件给了袭人，一件给邢岫烟。而且，一切动作非常自然。凤姐作为主人，并没有质疑平儿的做法，以她的聪明，应该也是一下子就理解了其用意。岫烟是邢夫人的娘家人，凤姐是邢夫人的媳妇，两者之间关系比较近。而邢夫人素来对凤姐心向王夫人不满，经常借故发难，如果知道她送了袭人衣服而没有考虑到身份更尊贵、关系更亲近的岫烟，必然会心生不满。所以，平儿此举，实则是帮凤姐补了疏漏。她故意这样明公正道地拿出来，一方面彰显了凤姐的宽容，尽管平儿是她的陪嫁丫头兼通房小妾，仍能得到凤姐的信任，对私下议论凤姐善妒刻薄的人是无声的回应；另一方面，也坐实了凤姐"素日孝敬太太，疼爱下人"的口碑，所以凤姐才会感叹平儿"知心"。

这两个情节放在一起看，就会发觉平儿如果穿越到当代，一定是真正理解"服务设计"的人。能够看到痛点，体现了一个设计师的感知力，而找到合适的方法解决问题，才是设计师真正的实践力。在整个解决问题的过程中，能够展开系统性思考，将以人为本的理念贯穿始终，利用有效触点优化服务，并兼顾利益相关者需求的设计师，才能够提出最优解。借助发现岫烟的衣服短缺，利用给袭人赠衣这个触点，将衣服送给岫烟，让岫烟得到实惠，又避免了特地相赠给她带来的心理压力；避免了邢夫人对凤姐的不满，让她这个"正经婆婆"得到了面子上的满足；树立了凤姐宽容慈善的公众形象，顺便强化了她与凤姐之间主仆相得、妻妾和睦的关系，可以说此举滴水不漏，面面俱到，塑造的整个服务体验满足了系统内所有利益相关者的需求。

猪肉颂①

[宋] 苏轼

净洗铛，少著水，柴头罨烟焰不起。

待他自熟莫催他，火候足时他自美。

黄州好猪肉，价贱如泥土。

贵者不肯吃，贫者不解煮，

早辰起来打两碗，饱得自家君莫管。

‖ 阐述 ‖

这首诗对于"吃货"来说耳熟能详，它与一道名菜——"东坡肉"息息相关。这道菜起源于苏轼被贬黄州的岁月。在经历了"乌台诗案"的生死考验之后，来到黄州的他虽免于一死，但生活条件极其窘迫，无地可居，无田可耕，周边环境又极为恶劣。这样的处境，足以令人颓废。但苏东坡是一个心胸豁达、意志坚忍的人，他尽量排遣自己的情绪，通过生活中的小满足来调整自己的状态，美食就是其中一法。

---

① [宋] 苏轼：《东坡全集》卷九十八，载 [清] 永瑢、纪昀等编《文渊阁四库全书》第 1108 册，第 557 页。

苏轼耐心地研究起猪肉。他把锅子洗得干干净净，追求最洁净、最佳的烹调效果。另外，"待他自熟莫催他，火候足时他自美"透露出一种悠然自得、从容不迫的心态，展现了他对烹饪的投入。他相信，火候到了，猪肉就能呈现出自然的美味。在黄州，猪肉并不受人喜爱，其实有宋一代，对于上层阶级来说，在食物的等级序列中，猪肉的确不属于受欢迎的食材。《东京梦华录》卷二"饮食果子"中记录的在茶水店和餐馆里制作的菜肴有54种，委托销售的菜肴也有10多种，其中肉类中有羊、鸡、鹅、鸭、鹑、兔、獐等，却没有牛肉和猪肉。牛在宋代是重要的生产资料，不能轻易宰杀，所以不在其列很正常，但猪是可以宰杀的，而且屠宰数量也不算少。《东京梦华录》卷二中也记载："唯民间所宰猪，须从此入京，每日至晚，每群万数，止十数人驱逐，无有乱行者。"① 这里面可能有夸张的成分，但也说明猪的屠宰数量很可观。那么，记录里没有猪肉做的菜，就很能说明问题了。汴京城中的高阶人群是不喜欢猪肉入菜的，这种风气对民间也有一定影响。汴京城中的"州桥夜市"售卖各种小食，其中只有一种"旋炙猪皮肉"与猪有关。所以，苏轼说，"贵者不肯吃，贫者不解煮"，以此衬托自己在烹调时的特立独行和快意畅达。

我们不能把这首诗仅仅看作一首与美食相关的作品。在写作时，苏轼化身为一个生活家，他面对贫困窘迫的生活状态，找到了改善的方式，将平民食材烹调得有滋有味。这种行为不仅是对自己的精神救赎，对于同样陷于困顿中的苏门中人而言，他传递出来的乐观

---

① [宋]孟元老：《东京梦华录》卷二，载[清]永瑢、纪昀等编《文渊阁四库全书》第589册，第133页。

豁达是一种榜样的力量；对于他的至亲挚友，他的安贫乐道、宠辱不惊也是一种无声的安慰。他把自己活成了一道光，照亮所有黯淡。后世之所以对"东坡肉"津津乐道，除了品鉴食物本味，也有高度的人格景仰和情感认同。

【名称】隐居十六观图册

【年代】明

【作者】陈洪绶

【馆藏】台北故宫博物院

《隐居十六观》图册是陈洪绶逝世前一年的作品，该作品用16帧图画表现隐居生活，当中援引了庄子、刘辰翁、苏轼、陶渊明、班孟、宗炳、孙楚、魏野、李白、鱼玄机等人的事迹，是陈洪绶对"隐士"这一传统文化意象的系统解读和综合思考。如上所引为《浇书》和《杖菊》两幅。前者，写苏东坡故事。南宋陆游有一首诗中写道，"浇书满把浮蛆瓮，摊饭横眠梦蝶床"，并自注"东坡谓晨饮为'浇书'，李黄门谓午睡为'摊饭'"[①]。苏轼喜欢饮酒，但并不善饮。他在早晨饮酒，友人笑他贪杯，他说，这不是饮酒，是书读得太多无处可用，用酒浇一浇，诙谐中带着牢骚。这幅画描绘的是隐士的诗酒风流，也暗含着隐士的不平则鸣。后者，以陶渊明形象入画。菊是陶渊明隐逸生活的象征，也是他生命哲思的依托。陶诗中多见菊花意象，借此表达诗人傲世脱俗的人格和清高出尘的志趣。陶渊明的隐居与苏轼并不是一路的，苏轼从来不是一个主动的隐士，对他来说，隐是一种被迫的状态，是退守之后积攒精神力量再出发的短暂休憩。他始终是一个兼济天下的儒者。陶渊明是主动的隐者，他的隐是一种"不为五斗米折腰"的勇者之隐，是对肮脏世俗的弃绝，他的根底是道家。陈洪绶将这些不同的隐士画出来，这说明他理解"隐"这个看似雷同的选择背后个人独特的生命状态和哲学思想，他从内心深入认同这些伟大的孤独者。

---

① [清]吴之振编：《宋诗钞》卷六十五，载[清]永瑢、纪昀等编《文渊阁四库全书》第1462册，第267页。

❧ 跟着案例说设计 ❧

　　荷兰的失智照护小镇——霍格威村的设计灵感来自一名失智老人的护工伊冯·范·阿姆荣根（Yvonne van Amerongen），她曾为照护中心那些失智老人的悲惨生活感到惋惜，父亲的去世更让她痛心不已。长期的职业敏感性让她对患有阿尔茨海默病长者的需求和心理有准确和深入的了解：这些病患会对类似医院的环境感到迷惘，不理解自己的生活处境和状态，他们渴望有一个正常的家。患者难以理解周围的世界，这让他们焦虑、悲伤或好斗，只有生活在熟悉的环境中，他们才能感受到安全。不同患病阶段的长者有不同的社交需求，他们也需要被尊重，并感受生活的快乐。

因为这样的理念，霍格威村从一开始就不是按照传统护理院的思路设计的，而是按照普通的住宅去设计：共有 27 个居住单元，每个居住单元设有 70—100 平方米的客厅、厨房、17—20 平方米的私人卧室、浴室、储藏室和洗衣房，以及私人户外空间（露台或阳台），房间的配套设施非常完善。村里设有剧院、超市、门诊部和餐厅，公共配套设施一应俱全。

霍格威村还配备了由公园、广场、绿地、小花园、喷泉和池塘组成的大面积户外公共空间，占总面积的 50% 左右，大部分建筑都是两层楼，道路坡度小，有大量无障碍通道，沿街一路都有休息区，这些契合老人体能特点的设计细节极大地保障了老人的安全性和舒适性。为了尽量减少病人对新环境的抵触情绪，室内设计参照的是 20 世纪 50—70 年代的风格，可以让病人在记忆里仅存的场景中生活，从而降低他们的焦躁感，延缓病情恶化。为了确保老人的居住风格与之前的风格类似，房间被特意设计为七种主题风格，包括城市风格、贵族风格、商务风格等，以满足有不同生活经历的老人的需求。同时，依照"村民"不同的生活习惯和兴趣，他们被分为不同的"生活方式小组"，确保组内成员在生活礼仪、食物选择、起居习惯等方面比较相似，从而形成较好的交流互动。入住霍格威村的患病长者可以自由行走，出门购买日常用品，去理发店理发，到酒吧和朋友们小酌一杯，畅聊往事，参加音乐会，去咖啡馆或美容院，等等，就像健康的人那样，与朋友们一起做一些力所能及的事情，像普通人一样在家里做饭、打扫卫生，愉悦、自由且有尊严地生活。服务人员则化身为街上的理发师、收银员、路人，在必要时为患者提供帮助。周边学校会定期让学生们到霍格威村里与老人互动，不仅增加了老人的生活趣味，还让学生们见识到人的衰老，学会尊重生命、守护尊严。

罹患阿尔茨海默病是一件不幸的事，而且迄今为止也没有找到很好的治疗手段。但是，霍格威村的设计让人们看到了照护病人的一种新模式，这是一种以需求洞察为核心，以系统设计为手段，以多方协同为路径，最终实现最大化满足的模式。设计，帮助不能再清晰地表达诉求的人获得了生命中最大的善意和尊严，也给予医生、社会工作者、教育工作者对于疾病、生活及人性更深入的理解。

无花与无果

开宗明义

修改方案应该是每个设计师都会面对的日常。无论是设计更新还是新设计，所有修改的起点都是为了项目在符合设计原则的基础上更好地实现落地。因此，在考虑方案修改的时候，可行性是需要优先考虑的。方案的形成犹如开花，方案的成功落地犹如结果；无花导致无果，无果，即使花开，也失去意义。

🍂文学导引🍂

　　至晚，宝钗将湘云邀往蘅芜苑安歇去。湘云灯下计议如何设东拟题。宝钗听他说了半日，皆不妥当，因向他说道："既开社，便要作东。虽然是顽意儿，也要瞻前顾后，又要自己便宜，又要不得罪了人，然后方大家有趣。……况且你就都拿出来，做这个东道也是不够。难道为这个家去要不成？还是往这里要呢？"一席话提醒了湘云，倒踌蹰起来。

　　宝钗道："这个我已经有个主意。我们当铺里有个伙计，他家田上出的很好的肥螃蟹，前儿送了几斤来。现在这里的人，从老太太起连上园里的人，有多一半都是爱吃螃蟹的。前日姨娘还说要请老太太在园里赏桂花吃螃蟹，因为有事还没有请呢。你如今且把诗社别提起，只管普通一请。等他们散了，咱们有多少诗作不得的。我和我哥哥说，要几篓极肥极大的螃蟹来，再往铺子里取上几坛好酒，再备上四五桌果碟，岂不又省事又大家热闹了。"

　　……

　　这里宝钗又向湘云道："诗题也不要过于新巧了。你看古人诗中那些习钻古怪的题目和那极险的韵了，若题过于新巧，韵过于险，再不得有好诗，终是小家气。诗固然怕说熟话，更不可过于求生，只要头一件立意清新，自然措词就不俗了。究竟这也算不得什么，还是纺绩针黹是你我的本等。一时闲了，倒是于你我深有益的书看几章是正经。"

　　湘云只答应着，因笑道："我如今心里想着，昨日作了海棠诗，我如今要作个菊花诗如何？"宝钗道："菊花倒也合景，只是前人太多了。"湘云道："我也是如此想着，恐怕落套。"宝钗想了一想，说道："有了，如今以菊花为宾，以人为主，竟拟出几个题目来，都是两个字：一个虚字，一个实字，实字便用'菊'字，虚字就用人事双关的。如此又是咏菊，又是赋事，前人也没作过，也不能落套。赋景咏物两关着，又新鲜，又大方。"

——《红楼梦》第三十七回
秋爽斋偶结海棠社　蘅芜苑夜拟菊花题^①

▌阐述 ▌

　　大观园中起诗社，是小说中非常精彩的段落。女孩子们的个性、才情、品性在这项文化含量极高的活动中展露无遗。湘云没能参加第一次的活动，以她活泼喜热闹的个性自然感到遗憾，因此想趁着住在大观园的机会搞一场活动。湘云与宝钗亲厚，在安排活动的时候自然要和她商议。宝钗却发现了计划中需要推敲和修正的地方。首先，是活动费用。湘云父母双亡，跟着叔叔婶婶生活，因此手头并不宽裕。"你家里你又作不得主，一个月通共那几串钱，你还不够盘缠呢。这会子又干这没要紧的事，你婶子听见了，越发抱怨你

---

① ［清］曹雪芹：《红楼梦》，第 499—500 页。

了"，从宝钗的这番话中，我们可以体会到湘云的处境。小说中也多次提到，湘云需要在家做活，"累得很"，可见虽然是侯门千金，寄人篱下的生活也并不好过。其次，是人际关系。湘云想开一期诗社，但是她作为一个客居之人，组织活动越过家里的这些长辈并不妥当，因此要有一个名目安排好这些尊长。最后，活动内容。既然想要诗社活动热闹，大家各展其才，题目就必须新鲜有趣且容易上手，这样即便是诗才稍逊者也能有机会写出好作品，宾主尽欢。

　　宝钗顾虑到的这些问题涉及活动的可行性、趣味性和评价度，是成败的关键。而湘云因为经验不足，显然对于活动的概念仅停留在"策划"层面，想法非常粗略。为了能把活动真正落地，宝钗针对策划案进行了逐项修正。她提出，将活动的主题改成螃蟹宴，这样一来，就可以邀请贾母等一众长辈参与，既体现了"孝道"，也能为活动争取更多的资源。比如，经费问题，就得到了很好的解决。因为变成了孝亲娱上的家庭活动，宝钗可以光明正大地让薛蟠出面，向家里的伙计拿几篓大螃蟹，又从铺子里拿了果酒，这样一来，湘云就不必为活动费用不足而发愁了。根据小说中刘姥姥的"计算"，这一次螃蟹宴至少花费五两银子，这几乎等同于湘云大半年的零花钱。同时，小姐妹俩还能顺理成章地调动贾府中的仆人来为活动服务。须知，这个府里的下人们是非常势利的，女孩子们要让他们做些事情，都需要给足费用，否则必然落人口实。连骄傲如黛玉，也不轻易使唤不属于自己的下人，凡有使唤，一定会给予赏赐。从后面活动的成果来看，上至贾母，下到"有名分"的大丫头，大家都很尽兴，这也为湘云和宝钗收获了很好的口碑。

菊花诗的写作在小说描写的数次诗社活动中，几乎是最成功的一次，不仅作品数量多，而且佳作迭出，令人称赏。命题的成功是创作丰收的关键。菊花诗历代作品很多，要翻出窠臼并不容易，如果一味追求脱俗，又难免落入"轻巧尖新"一路，影响了众人的发挥。所以，宝钗提出"虚实结合"的命题法，打通咏物与咏事的界限，这样大家就不必受到题材的限制，可以在作品中抒发自己独特的生命体验。这才有了黛玉《问菊》"孤标傲世偕谁隐，一样花开为底迟？"[①]，展现孤高自许、目下无尘的性格；湘云《对菊》"萧疏篱畔科头坐，清冷香中抱膝吟"[②]，表达不因困苦而悲观的豁达……

在设计工作中，修正方案与创新方案相比往往没有那么激动人心，它更细致、更具体，也受到更多限制。这需要设计师对原方案进行深入检讨，发现原设计目标中存在的问题，以及这些问题与整个设计系统的关联，在更了解用户需求及外部条件的基础上对相关内容进行调整。修正的重点，往往落在项目与环境的协调、项目开展条件的变更，以及项目使用者接受态度的转变上。有效的修正是项目最终实现并取得成功的重要保证。

① ［清］曹雪芹：《红楼梦》，第512页。

② 同上书，第510页。

个园记 ①

[清] 刘凤诰

广陵甲第园林之盛，久冠东南。士大夫席其先泽，家治一区。四时花木容与，文燕周旋，莫不取适于其中。仁宅礼门之道，何坦乎其无不自得也。

个园者，本寿芝园旧址，主人辟而新之。堂皇翼翼，曲廊邃宇，周以虚槛，敞以层楼，叠石为小山，通泉为平池，绿萝袅烟而依回，嘉树翳晴而荫匋。闶爽深靓，各极其致。以其目营心构之所得，不出户而壶天自春，尘马皆息。于是娱情陔养，授经庭过，眠肃宾客，幽赏与共，雍雍蔼蔼，善气积而和风迎焉。

主人性爱竹，盖以竹本固。君子见其本，则思树德之先沃其根；竹心虚，君子观其心，则思应用之务宏其量。至夫体直而节贞，则立身砥行之攸系者，实大且远。岂独冬青夏彩，玉润碧鲜，著斯州筱荡之美云尔哉！主人爱称曰"个园"。

---

① [清] 刘凤诰：《个园记》，《存悔斋集》卷十一，转引自顾一平编著《扬州名园记》，北京：线装书局，2008年，第29—30页。

园之中珍卉丛生，随候异色。物象意趣，远胜于子山所云，"欹侧八九丈，从斜数十步；榆柳两三行，梨桃百余树"者。主人好其所好，乐其所乐，出其才华以与时济。顺其燕息以获身润。厚其基福以逮室家，孙子之悠久咸宜，吾将为君咏乐彼之园矣！

　　嘉庆戊寅中秋刘凤诰记并书。

▌阐述▌

　　这篇文章是为清嘉庆、道光年间八大盐商之一的黄至筠所修的扬州个园而作。个园是在明代寿芝园旧址上建成的宅园，同时又将清代康熙、雍正年间的街南书屋（又称小玲珑山馆）纳入园林范围，根据黄氏的文化修养、审美趣味，对园林进行了充分的修改。寿芝园规模不大，扩建后的园林以遍植青竹而闻名，竹叶的形状类似"个"字，因此得名"个园"。这个做法也是承袭了小玲珑山馆而来，"扬州八怪"之一的金农诗《与众友集小玲珑山馆》，其中云"万翠竹深非俗籁，一圭山远见孤棱"[①]，可见当时园中景象。黄至筠与小玲珑山馆原主人马曰管、马曰璐一样，虽为盐商，却都有着不俗的文化修养。马氏兄弟广交文人，与扬州八怪过从甚密，清代浙西词派大家厉鹗长期居住在其宅，因此这座园林十分典雅。而黄氏，《扬州画苑录》说其"素工绘事，有石刻山水花卉折扇面十数个，深得

---

① ［清］张英编：《御定渊鉴类函》卷三百零五，载［清］永瑢、纪昀等编《文渊阁四库全书》第1328册，第96页。

王（翚）、恽（寿平）旨趣"①。现在个园抱山楼下的嵌壁石刻上，还有他画的一幅扇面，中间画的是树、石、水，远处露出一只小船来，船上还有一个人。画左题道"拟宋人小品，个园黄至筠"，下押一章"个园画印"，也是个风雅人物。因此，在修建个园时，他体现了与马氏兄弟相近的旨趣。

不过，黄至筠在个园的修建中也体现了自己的审美趣味。比如，他将马氏的"透风透月两明轩"改称"透风漏月轩"，"透风透月两明轩"实为二轩，"一曰'透风披襟'，纳凉处也；一曰'透月把酒'，顾影处也"（《小玲珑山馆图记》）②。黄至筠将之并为一轩，作为欣赏山光水色、清风明月之处，较之原构更开敞简洁。厅内有对联"春夏秋冬山光异趣，风晴雨露竹影多姿"，很好地反映出了此处的景观特色。

个园最著名之处是四季假山。这些假山分别代表了春、夏、秋、冬四个季节，通过不同石料的选择和堆叠手法，展现了各个季节的特色和意境。春山以笋石为主要材料，象征着春天的到来和万物生长的活力。夏山则使用太湖石，以其玲珑剔透的形态，营造出夏日清凉的氛围。秋山使用黄石堆叠，呈现出秋天的壮丽和成熟。冬山则选用宣石，其晶莹雪白的石质在背光下熠熠放白，模拟了冬日里的积雪景象。小玲珑山馆的主人也颇善叠石。据《小玲珑山馆图记》，在山馆即将落成时，马氏兄弟得知有块巨石，"美秀与真州之美人

---

① ［清］汪鋆：扬州丛刻本《扬州画苑录》卷二，扬州：陈恒和书林，1935年，第2册，第17页。

② ［清］李斗：《扬州画舫录》卷四，清同治十一年（1872年）刻本，第7页。

设计师的红楼梦

石相垺，其奇奥偕海宁之皱云石争雄，虽非娲皇炼补之遗，当亦宣和花纲之品。米老见之，将拜其下；巢民得之，必匿于庐""余不惜资财，不惮工力，运之而至"①。可见，这块石头玲珑美丽，可与真州著名的美人石相媲美；奇特奥妙，又能与海宁驰名的皱云石比肩；虽不是补天神石，却可被视为与宋徽宗花石纲中的石头同一等级，是连米芾都会为之倾倒的石头。马氏兄弟十分得意这块太湖石，故将园名改为"小玲珑山馆"。但这块太湖石并没有在园中矗立，"只以石身较岑楼尤高"，为了避免邻里矛盾，"故馆既因石而得名，图以绘，石之矗立，而石犹偃卧，以待将来"②。黄氏的四季假山将时空要素纳入景观表达，使人在静观默照中体验到四时变幻的造化之美。两者对待假山的差别，其根本在于建园目的不同。"余兄弟拟卜筑别墅，以为扫榻留宾之所"，马氏兄弟意在结交文人，在园中"看山远瞩""勘校历代丛书"③，所以园林虽不大，但主人的心态是开阔外向的，并不拘泥于园中一景。而黄氏建园的目的，诚如《个园记》中的表述"以其目营心构之所得，不出户而壶天自春，尘马皆息"，意在归隐，他是敛约内向的，所以要在园中构建一个充满时空感的完整世界。

① [清]马曰璐：《小玲珑山馆图记》，录自丘良任提供的姚鹓士收藏的图记，转引自顾一平编著《扬州名园记》，扬州：广陵古籍刻印社，2008年，第118—119页。

② 同上。

③ 同上。

老舍先生的《茶馆》在中国话剧史上具有里程碑意义。从 1958 年上演至今，这部话剧的艺术魅力经久不衰。这也是一部经历过多轮多人合作修正的话剧。最初，剧本是一个四幕戏，从 1898 年戊戌变法写起，主角是政治主张各不相同的秦氏三兄弟，但在与北京人民艺术剧院的曹禺、焦菊隐等艺术家讨论后，老舍先生接受建议，以第一幕茶馆里的戏为基础发展出一部新戏，将剧本修改为三幕戏都发生在茶馆里，原剧本中的秦家三兄弟只留下秦仲义，而第一幕充实了社会各阶层的许多人物。剧本初稿的结尾原本是一位革命者在茶馆暴露身份，王掌柜为救他而牺牲，但后来老舍先生采纳了于是之的建议，将结尾修改为"三个老头话沧桑"，王掌柜上吊自杀，为剧本增添了更多的苍凉感。这样的修改让整部剧的节奏更加紧凑，而且以小人物的遭遇反映社会变迁的方式，串联起宏大的史诗格局。

在表演形式上，该剧的首任导演焦菊隐力求使舞台艺术处理既让观众看得明白，又具有感染力。《茶馆》尽量采用平民化的语言和老百姓喜闻乐见的艺术形式。例如，《茶馆》的三幕戏，每幕相隔一二十年，了解历史背景的人容易明白，但其他观众就比较吃力。在排练中，大家集思广益，决定在幕间加一个数来宝的角色。老舍先生欣然同意，很快写出了三段快板唱词。演员则根据自己观察生活的积累，丰富了这个角色，特别在造型方面下了不少功夫，这就是剧中唱数来宝的乞丐大傻杨。再如，《茶馆》第一幕采用"亮相"的办法突出人物形象。秦二爷的意气风发，庞太监的尖声狂笑，两个特务的狼狈为奸，都给观众留下了深刻的印象。还有王掌柜的小碎步和轻快的台词，常四爷和二德子之间一言不合拉开架势的造型，都借鉴了表演者各自熟悉的京剧流派和行当的表现手法，无形中使表演的节奏更为鲜明，强化了民族化的表现手法，突出了整个戏的民族味道。[①]

---

① 刘章春：《〈茶馆〉的舞台艺术》，北京：中国戏剧出版社，2007年，第3—10页。

❧ 跟着案例说设计 ❧

　　由英国的托马斯·赫斯维克（Thomas Heatherwick）联合加拿大的 IBI 集团设计的这两栋高层建筑位于温哥华西区的阿尔伯尼街。2021 年 1 月，方案首次公布后，收到了很多公众和城市工作人员的意见，最终设计师决定对原设计进行修改。

　　对比新旧方案，存在三方面的不同。其一，高度和容积率。在原方案中，两座住宅塔楼分别是高 105 米、30 层的东塔和高 117 米、34 层的西塔，两座大楼之间由一个 5 层高的建筑连接，项目总建筑面积约为 3.9 万平方米，容积率约为 10.88。新方案对大楼的高度和位置做了相应调整，东塔降至 90 米，西塔高度保持不变，容积率下降到 10.47。这个修改重新定位了塔楼与周围建筑的关系，改善了住宅视野，减少了对附近公园造成的阴影影响。

　　其二，建筑形态。在原方案中，两座大楼的造型以树为灵感，呈不规则形状向上延伸，楼身布满了成角度的阳台，靠近地面的 6 层呈曲线退台式排布，逐层收窄，表达了树干形象。修改后的方案简化了两座大楼的造型，以不同大小的绿色半圆形阳台为特色，在其立面上形成编织图案。为了扩大阳台空间，设计师将之前成角度的阳台改成了弧形设计，原先"缩进的树干"部分也被取消，变成了圆柱式设计。这个修改减轻了大楼的视觉冲击力，可以更好地将塔楼与周围的景观联系起来，并适应人们对新家的需求变化。

　　其三，内部使用功能。原设计中，连接两座大楼的建筑可当作中心广场，被称为"庭院"，同时也是住宅楼的门厅入口。4 层高的庭院利用木结构设计，打造出底部分开、向上弯曲收缩的结构，为

商业区域带来了特别的空间体验感。上方花瓣状的巨型玻璃天窗，
让阳光倾泻而下，满足室内采光需求。修改后的方案因占地面积减
少，中庭被重新规划，原先的中心广场改成了住宅楼的大堂区，大
部分零售空间被去掉，改成了图书馆、礼宾部、宠物店、餐厅空间，
使两座大楼作为住宅空间的定位更突出。

　　合理的修改体现了设计师对使用者利益，以及建筑与环境关系
的进一步思考，带来了更好的设计效果。

口语和术语

开宗明义

    在进行设计沟通时，我们常常会有这样的困惑：如何与受众构建同一话语体系？口语尚俗，术语近雅，一连串的术语必然造成理解障碍，绘声绘色的口语又会让受众质疑专业性，如何平衡两者，如何各尽其用，如何借助合理且高妙的话语体系对受众进行设计引导，这常常是困扰设计师的问题。

❧文学导引❧

　　那妙玉便把宝钗和黛玉的衣襟一拉，二人随他出去，宝玉悄悄的随后跟了来。只见妙玉让他二人在耳房内，宝钗坐在榻上，黛玉便坐在妙玉的蒲团上。妙玉自向风炉上扇滚了水，另泡一壶茶。宝玉便走了进来，笑道："偏你们吃梯己茶呢。"二人都笑道："你又赶了来蹭茶吃。这里并没你的。"妙玉刚要去取杯，只见道婆收了上面的茶盏来。妙玉忙命："将那成窑的茶杯别收了，搁在外头去罢。"宝玉会意，知为刘姥姥吃了，他嫌脏不要了。

　　又见妙玉另拿出两只杯来。一个旁边有一耳，杯上镌着"瓟斝"三个隶字，后有一行小真字是"晋王恺珍玩"，又有"宋元丰五年四月眉山苏轼见于秘府"一行小字。妙玉便斟了一斝，递与宝钗。那一只形似钵而小，也有三个垂珠篆字，镌着"点犀盉"。妙玉斟了一盉与黛玉。仍将前番自己常日吃茶的那只绿玉斗来斟与宝玉。

宝玉笑道："常言'世法平等'，他两个就用那样古玩奇珍，我就是个俗器了。"妙玉道："这是俗器？不是我说狂话，只怕你家里未必找的出这么一个俗器来呢。"宝玉笑道："俗话说'随乡入乡'，到了你这里，自然把那金玉珠宝一概贬为俗器了。"妙玉听如此说，十分欢喜，遂又寻出一只九曲十环一百二十节蟠虬整雕竹根的一个大盒出来，笑道："就剩了这一个，你可吃的了这一海？"宝玉喜的忙道："吃的了。"妙玉笑道："你虽吃的了，也没这些茶糟踏。岂不闻'一杯为品，二杯即是解渴的蠢物，三杯便是饮牛饮骡了'。你吃这一海便成什么？"

——《红楼梦》第四十一回
栊翠庵茶品梅花雪　怡红院劫遇母蝗虫①

‖ 阐述 ‖

　　喜欢品茶的人，对于妙玉论茶这一段肯定不陌生。这里也容易引发诸如"禅茶一味""美食美器"之类的话题，但是，若换一个角度来观察，妙玉给众人使用不同茶器和水的背后，有什么特别的用心呢？

---

① ［清］曹雪芹：《红楼梦》，第551—553页。

先看贾母等众人进入栊翠庵之后妙玉的做派，她给贾母奉上了"海棠花式雕漆填金云龙献寿的小茶盘，里面放一个成窑五彩小盖钟"，给众人的是"一色官窑脱胎填白的盖碗"①。这个区别对待，就很能反映出妙玉对人情世故的通晓。她虽然清高自傲，但毕竟寄居贾府，必须得到贾府上位者的认同与庇佑，所以喝茶时奉上的茶器，是她的一种态度表达。成窑五彩，即明代成化年间官窑所出的五彩瓷器，到清代被视为瓷器中的上品。《遵生八笺》："成窑上品，无过五彩。"②这个茶盘雕有龙纹饰，又用了填金装饰，可见其贵重。雕漆是中国独有的艺术，在清中期受到了上层阶级的高度欣赏，成为一种高端实用器皿。清乾隆帝就写过许多与雕漆用品相关的诗，如《咏永乐漆盒》："果园佳制剔朱红，蔗段尤珍人物工。无客开窗眄秋字，携童侍杖听松风。细书题识犹堪辨，后代仿为究莫同。三百年来此完璧，文房抚古念何穷？"③这两件茶具的搭配使用，隐含了妙玉对贾母表达的由下对上的身份尊重。相比于贾母，众人的官窑脱胎填白的盖碗显然逊色一筹。脱胎填白瓷创烧于明代景德镇官窑，在永乐年间就有，后来一直都有烧制，虽难度较高，但慢慢开始日常化。到了清康熙年间，填白釉瓷器主要仿永乐、宣德、成化、弘治年间制品，其中多仿脱胎瓷器，且技术成熟。在《红楼梦》写作的时代，这种瓷器在贵族之间已经算是比较常见的，这说明妙

---

① ［清］曹雪芹：《红楼梦》，第550页。

② ［明］高濂撰：《遵生八笺》卷十四，载［清］永瑢、纪昀等编《文渊阁四库全书》第871册，第714页。

③ ［清］张英编：《御制诗集》四集卷三十九，载［清］永瑢、纪昀等编《文渊阁四库全书》第1307册，第897页。

玉希望留给众人一个中规中矩的印象。贾府簪缨世家，家中女眷对于这些茶具的样式等级想必不陌生，所以妙玉用了这种不动声色，但大家又能懂得的方式彰显了自己的态度。

在给众人献茶时，贾母对妙玉说她不喝六安茶，又问用来烹茶的水是什么，这两句话看似拉家常，实则颇有深意。明朝人屠隆在《考槃余事》中，曾列出当时最为人称道的茶，共有六品，即虎丘茶、天池茶、阳羡茶、六安茶、龙井茶、天目茶。六安茶为六品之一，与其他五种茶一起共称"天下名茶"。清人陆廷灿在《续茶经》中引昔人"扬子江心水，蒙山顶上茶"①之赞语来称赞六安茶。但它作为绿茶，性凉，于脾胃虚弱者不宜。贾母是老年人，在大观园中带着众人玩乐了半天，又吃了油腻的食物，从养生的角度来说，她认为六安茶不宜饮用，是有道理的。妙玉特地为她准备了老君眉，属发酵茶，是一种已经熟制的茶叶，中性，可以暖胃健脾、消食化积，是适合老年人的茶。这一问一答之间，妙玉充分展示了她对贾母的敬意是发自内心的，所以能洞察需求于先，这也是令贾母非常满意的态度。至于水，当时人们普遍认为烹茶须用无根水，而雨水就是其中之一，所以贾母对这种水也是比较满意的。在与贾母的交流中，妙玉非常善于用交流对象熟悉并能形成很好回应的方式进行沟通，雅俗并用，而且交流中能够迅速感知问题点，并且迅速回应，这体现了她的生存智慧。

---

① ［清］陆廷灿：《续茶经》，载［清］永瑢、纪昀等编《文渊阁四库全书》第 844 册，第 725 页。

而她与宝钗、黛玉、宝玉以茶为引的交流，则采用了完全不同的方式。在她看来，对贾母等人，她的交流偏工作属性，是一种"服务"，而对宝黛诸人，是平等对待，所以她将个性中真实的一面展露无遗。她给钗、黛两人的茶具就是别有用意的。给宝钗的一只，杯旁有一耳，杯上镌着"瓟瓟斝"三个隶字，后有一行小真字是"晋王恺珍玩"，又有"宋元丰五年四月眉山苏轼见于秘府"一行小字。另一只形似钵而小，也有三个垂珠篆字，镌着"点犀䀉"奉与黛玉。虽然这两件茶具出于作者杜撰的可能性更大，但也是通过杜撰表明人物的个性。宝钗的茶具上提到了王恺，《世说新语》里有"王恺与石崇斗富"的典故，东晋国舅王恺积攒下亿万家财，与当时超级富豪石崇斗富，其珍玩也定是非同一般。宝钗出自皇商之间，家资丰厚，妙玉显然是为了让她看到自己毫不逊色的家庭背景。点犀䀉，顾名思义，是用犀牛角做成的茶器，犀牛角有定惊安神的作用，珍贵非常，以之为器，不仅对黛玉的身体有益，而且还暗含了心有灵犀之义，表达了她对黛玉的亲近。至于宝玉，她奉上了家常所用的绿玉斗，这显然带着某种亲近之意。就如同宝玉生日时，妙玉还给他送了帖子祝贺，虽然落款是"槛外人"，但这又哪是真槛外人做的事呢？这一点，黛玉看得很明白，她知道妙玉对宝玉的不同，所以当芦雪庵吟诗，宝玉落第之后，李纨罚他去栊翠庵取梅花，黛玉就说，让宝玉一个人去，去的人多了反而拿不到，结果宝玉真的带回了梅花。那么，宝玉有没有看懂妙玉的亲近呢？有的，他用"世法平等"来推托，就是表达了自己希望得到一视同仁，而不是青眼有加。妙玉迅速调整了态度，两人谈论了一番关于"俗"的界定，达成了以古为雅、金玉为俗的共识，把那一点儿小小的"用心"规避过去。另外，妙玉拿出了一个大竹海作为对宝玉的戏谑，也进一步表明前面的举动是开玩笑的。

至于烹茶用的水，妙玉也是区别对待。黛玉显然发觉了不同，所以问是不是旧年雨水，结果是妙玉冷笑对黛玉说，你竟然连水都尝不出来，可真是个俗人，听起来颇有嘲讽的意味，因为她拿出的是收藏了五年的梅花雪。在妙玉看来，泡茶的水必须"轻浮"，这样的水细腻、顺滑、甘甜。要得到这样的"轻浮"的水，只能用无根水。古人素有以雪烹茶的做法，元代谢宗可《雪煎茶》诗中有"夜扫寒英煮绿尘"之句 ①，梅花上的雪暗香浮动，比普通雨水更高一个档次。有意思的是，以黛玉的"小心眼"，妙玉的嘲笑竟然没有引起她的反唇相讥，连同之前妙玉对宝玉的一点儿"亲密"，黛玉也没有任何表示，这说明两个人之间的确心意相通。妙玉在私房茶局中带有"术语"风格的语言表达是因为她充分理解了三位客人的文化感知力、审美能力，特地为之，营造的是不俗的交流氛围。

综上所述，口语和术语没有优劣高下之分，重要的是因人而异，因事而发，在合适的场景中采用合适的表达。术语是有仪式感的，规范的，明确的；口语是亲近的，活泼的，易于理解的，两者无缝切换，能够带来更顺畅的沟通。

---

① [元]谢宗可编：《御定佩文斋咏物诗选》卷二百四十四，载[清]永瑢、纪昀等编《文渊阁四库全书》第 1433 册，第 564 页。

祝英台令·晚春①

[宋] 辛弃疾

宝钗分，桃叶渡。烟柳暗南浦。怕上层楼，十日九风雨。断肠片片飞红，都无人管，倩谁唤、流莺声住。

鬓边觑，试把花卜心期，才簪又重数。罗帐灯昏，呜咽梦中语。是他春带愁来，春归何处。却不解、将愁归去。

阐述

此为稼轩词中较为典型的以闺怨写家国的篇章，可以与《摸鱼儿》参看。这首词的大意为桃叶渡口，我们分钗别离，南浦烟柳黯淡，一片凄迷。从此，我最怕登楼，十天里有九天是风雨密布。伤心的落红满天，也没有人去理会，更不用说去劝劝黄莺不要再悲啼！看着鬓边戴的花，取下来仔细端详，用花瓣推算归期。刚戴到头上，又取下重新数一数，直到吻合了内心的期待。罗帐之中灯火昏昏，还记得梦中哽咽自语：是春天把愁给人带来，春天不知回到哪里，为什么不把愁也带去？

这首词通过儿女之情寄托了家国之愁，将《楚辞》中香草美人

① [清]唐圭璋编：《全宋词》第3册，第2430页。

的传统进行了创造性发挥，寄托遥深。开篇三句点明别时的节气，衬托悲苦的心情。中二句写别后的思念与由此而引起的心绪。"断肠"三句写春去花落，无人爱惜，莺声鸣啭，无人劝阻，由此更增添她的愁苦。下片写盼归的急切心情。换头三句通过占卜归期的神态来刻画女主人公的心理活动。中二句写梦中相思之情。末三句以怨春作结。

值得注意的是，词人善于通过动作来刻画人物的心理活动。"鬓边觑，试把花卜心期，才簪又重数。"出现在读者面前的这位女主人公，把刚刚插在鬓边的鲜花重新摘下来，一瓣一瓣地从头细数，忐忑不安的心情跃然纸上，甚至连这位女主人公的焦急心情也活灵活现了。这样的写法在柳永词中比比皆是，读之，情景细节如在目前。

辛词每每大声镗鞳，这种细腻纤巧的手法用得不多，即便是用，也常常展现的是男儿粗犷豪迈的行为，因而这首词让人颇觉耳目一新。同时，对比辛词的主流作品，这首词很少用典，以浅近的口语信手拈来，既切合女主人公的身份，又切合其声情口吻。词面上不着一"怨"字，却笔笔含"怨"，含思婉转，微言大义。清沈谦《填词杂说》曰："稼轩词以激扬奋厉为工，至'宝钗分，桃叶渡'一曲，昵狎温柔，魂消意尽，才人伎俩，真不可测。"①清黄蓼园《蓼园词选》认为此词必有所托："史称稼轩人材大类温峤、陶侃，周益公等抑之，为之惜。此必有所托，而借闺怨以抒其志乎！"②

---

① [清]徐釚撰：《词苑丛谈》卷一，载[清]永瑢、纪昀等编《文渊阁四库全书》第1494册，第580页。

② 徐汉明校注：《辛弃疾全集校注》上册，武汉：华中科技大学出版社，2012年，第326页。

【名称】蜂虎
【年代】清
【作者】华喦
【馆藏】台北故宫博物院

华喦生于康熙年间，卒于乾隆年间，经历"康乾盛世"，却一生贫苦，以花鸟画最负盛名。他的画吸收明代陈淳、周之冕，清代恽寿平诸家之长，形成兼工带写的小写意手法，既有大局的挥洒简逸，又有细节的精微描写，如画禽鸟，能将蓬松的羽毛玲珑剔透地表现出来。他晚年书、画、诗俱全，被称为"三绝"，是一位全能型绘画大家。虎，是他创作中的重要题材。从画的题目来看，画家采用了颇为常见的隐喻手法。"蜂"与"封"同音，老虎，被称为山君，将蜂和山君同框，象征加官晋爵，是一个典型的适配厅堂的好名字。但相比于传统画作中雄壮威猛的老虎，这幅作品不同寻常，既不是猛虎下山，也不是打虎上山，而是描绘老虎离开深山，在平地遭受胡蜂欺凌的场景，展现出幽默风趣的艺术风格。画作右上角的蜂，是点睛之笔。老虎为什么会显得猥琐且精神不振？原来是一只胡蜂追着自己，随时准备一击。这只胡蜂在某种程度上是作者内心世界的外化。画家一生坎坷，内心郁积，颇有一种"虎落平阳被蜂欺"之感。画是无声的语言，他用这种直白灵动的方式说出了自己的不平，也很容易被看画人所理解。

❀ 跟着案例说设计 ❀

2021，日本 Good Design 的一项大奖颁发给了本田子公司 Honda R&D（本田技术研究所）的一款帮助儿童安全过马路的监控设备。设计师桐生大辅是一位有两个小孩的爸爸，他以父亲的角度开发出这款产品。儿童的视野明显比成人的狭窄，限制了他们观察周围情况的角度，设计师通过对儿童细致地观察，发现他们在过马路的时候，视野不佳的十字路口及从背后接近的车辆会对他们造成最大的威胁。这款手掌大小的"Ropot"监控设备，采用卫星定位，可依照父母预先使用 App 标记的需要注意的地点进行安全提示，如汽车流量大的十字路口。小机器人配置了车辆传感器，当有车辆靠近时会产生振动，提醒小孩路边的状况，据本田技术研究所表示，其最远可以检测到从约 90 米远的后方靠近的车辆，也可以使用 App 与监护人共享行动记录。这款约手掌大的设备可置于书包上，并且不会对孩童造成太大负担，造型非常有趣，像个玩具。在这个设计中，设计师采用了儿童能够理解的设计语言：小动物造型，可爱的表情，直接的提醒方式等。对儿童来说，这个小机器人可以成为自己的朋友，和它在一起的场景是轻松愉悦的。这个项目的最终成功归功于设计师将复杂的技术问题以儿童可理解的形式和喜闻乐见的表达解决了。

模块与颗粒

开宗明义

　　模块化思维就是将对象切分成不同单元，根据各单元的颗粒度和重要性安排不同的处理方式，其核心在于每个单元之间相互独立和封闭，不具备耦合性，却又能通过一定的媒介组合起来，具备的强大的延展性及适应性，能让设计成果有更丰富的呈现和普适性表达。在中国传统思维中，模块化是一种固有形式，它影响了中国艺术的表现形式和审美理念。

　　宝钗笑道："却又来，一年四百，二年八百两，取租的钱房子也能看得了几间，薄地也可添几亩。虽然还有富余的，但他们既辛苦闹一年，也要叫他们剩些，贴补贴补自家。虽是兴利节用为纲，然亦不可太啬。纵再省上二三百银子，失了大体统也不像。所以如此一行，外头账房里一年少出四五百银子，也不觉得很艰啬了，他们里头却也得些小补。这些没营生的妈妈们也宽裕了，园子里花木，也可以每年滋长蕃盛，你们也得了可使之物。这庶几不失大体。若一味要省时，那里不搜寻出几个钱来。凡有些余利的，一概入了官中，那时里外怨声载道，岂不失了你们这样人家的大体？如今这园里几十个老妈妈们，若只给了这几个，那剩的也必抱怨不公。我才说的，他们只供给这个几样，也未免太宽裕了。一年竟除这个之外，他每人不论有余无余，只叫他拿出若干贯钱来，大家凑齐，单散与园中这些妈妈们。他们虽不料理这些，却日夜也是在园中照看当差之人，关门闭户，起早睡晚，大雨大雪，姑娘们出入，抬轿子、撑船、拉冰床，一应粗糙活计，都是他们的差使。一年在园里辛苦到头，这园内既有出息，也是分内该沾带些的。还有一句至小的话，越发说破了：你们只管了自己宽裕，不分与他们些，他们虽不敢明怨，心里却都不服，只用假公济私的多摘你们几个果子，多掐几枝花儿，你们有冤还没处诉。他们也沾带了些利息，你们有照顾不到的，他们就替你们照顾了。"

——《红楼梦》第五十六回

敏探春兴利除宿弊　时宝钗小惠全大体①

▌阐述▌

凤姐卧病，探春、宝钗代管家务，在大观园中兴利除弊，是小说中让读者非常快意的一段。女孩子们虽不能出闺阁，却头脑清晰，思维缜密，善于发现问题，也有解决问题的胆魄和能力。她们在大观园中搞"承包制"，以模块化的思维方式将各处的庭院管理与特色作物生产结合起来，让管园子的仆役们得到切实的好处，人尽其才，物尽其用。这个做法受到了仆役们的大力拥护，极大地调动了他们的积极性。

仔细分析起来，承包制的成功不仅在于模块划分得合理，更重要的是，宝钗和探春对于模块内的细节和相关特点都非常了解，而且对于模块与系统的关系，认知更为清晰。宝钗认为"兴利节用为纲，然亦不可太啬"，这句话非常关键。作为一个贵族之家，如果锱铢必较，显然会失了"体面"，引人抱怨；土地承包者和没有得到承包权的仆役同在一个园子里，利益不均必然导致心理失衡，容易引发矛盾；如此种种，不考虑周全，改革就无法成功。所以，宝钗最终想出了一个办法，她让承包人每年拿出一些钱，分散给没有拿到

---

① ［清］曹雪芹：《红楼梦》，第 768—769 页。

承包权的仆役，以利益均沾的方式化解潜在矛盾。而承包人也获得了不与外账房结算，不受二层盘剥的特权，皆大欢喜。

模块固然很重要，但模块的组合能否获得成功与模块内部的颗粒度有密切关系。我们需要通过三个步骤来思考模块内部的颗粒度——需求聚焦、问题拆解、方案细化。所谓需求聚焦就是明确需求导向，精准识别问题本质，聚焦关键核心需求，系统梳理任务清单。问题拆解则注重从小切口入手，把大问题分解成小问题，精准回应痛点，多路径构建解决方案。最后通过方案细化，不断调整，让方案从定性走向定量。颗粒度管理得精细、顺畅，决定了目标场景实现的成功与否。

解决了模块内部的问题，另一个关键点在于模块的组合与连接。如何找到合适的介质，让模块组合顺利完成呢？显化思维定式或许是一种有效的方法。比如，在中国文化中有"尚象思维"，《周易·系辞上》记载，"易有圣人之道四焉：以言者尚其辞，以动者尚其变，以制器者尚其象，以卜筮者尚其占"[1]，这种思维形式不仅让中国艺术具备了流动性和诗性，而且很好地成为模块化艺术表达的桥梁。德国的东亚艺术史学者雷德侯在他的著作《万物：中国艺术中的模件化和规模化生产》中指出：中国人在历史上很早就开始借助模块体系从事工作，并将其发展到了令人惊叹的先进水准。比如，唐代长安城的布局，权力核心地区位于北边，而南边则是普通人生活的地方。西市和东市是重要的商业场所，而在这两市的外

---

[1] [宋]郭雍：《郭氏传家易说》卷七，载[清]永瑢、纪昀等编《文渊阁四库全书》第13册，第231页。

面，还有 108 个里坊。每个里坊都按照标准形制进行建造。这种形制与中国古人天文学中"三垣二十八宿"的划分有关。这样的城市格局，非常明确地体现了"在天成象，在地成形"①中的"象思维"。再如，申遗成功的"北京中轴线"，表达着"以中为尊"②的观念，这是中国传统的人和天的关系的表述，本质上是基于天道的秩序来展开的理想化城市建设。"中"既是几何意义上的中，更是观念上的中，这也是一种"象思维"。

以显化思维定式为连接的模块组合能够顺利满足受众期待，获得更好的表达效果。《红楼梦》中，宝钗的这番议论就是顺着仆役们的思维定式而来的。土地是中国人的生存之根，对于普通阶层而言，土地情结尤为根深蒂固。五行中，"土"居中，正充分说明了这一点。宝钗在宣布她的改革方案时，就将"事"与"象"进行了关联，使承包者以对待土地的心态来看待自己所获得的承包权，这样一来，被动的服务性劳动就变成了主动的财产增值和资产守护，不仅承包人主动工作，还自觉发动了相关利益群体参与工作。在小说的第五十九回，小丫头春燕就曾说："这一带地上的东西，都是我姑妈管着，她一得了这地方，比得了永远基业还利害，每日早起晚睡，自己辛苦了还不算，每日逼着我们来照看，生恐有人遭塌，又怕误了我的差使。如今进来了，老姑嫂两个照看得谨谨慎慎，一根草也不许人动。"可见，这次改革的确取得了成功。

---

① ［宋］张载：《张子全书》卷十一，载［清］永瑢、纪昀等编《文渊阁四库全书》第 697 册，第 257 页。

② ［明］魏校编：《庄渠遗书》卷五，载［清］永瑢、纪昀等编《文渊阁四库全书》第 1267 册，第 799 页。

十七势（节选）①

第一，直把入作势；第二，都商量入作势；第三，直树一句，第二句入作势；第四，直树两句，第三句入作势；第五，直树三句，第四句入作势；第六，比兴入作势；第七，谜比势；第八，下句拂上句势；第九，感兴势；第十，含思落句势；第十一，相分明势；第十二，一句中分势；第十三，一句直比势；第十四，生杀回薄势；第十五，理入景势；第十六，景入理势；第十七，心期落句势。

第一，直把入作势。

直把入作势者，若赋得一物，或自登山临水，有闲情作，或送别，但以题目为定；依所题目，入头便直把是也。皆有此例。昌龄《寄驩州诗》入头便云："与君远相知，不道云海深。"又《见谴至伊水诗》云："得罪由己招，本性易然诺。"又《题上人房诗》云："通经彼上人，无迹任勤苦。"又《送别诗》云："春江愁送君，蕙草生氛（薱）氲。"又《送别诗》云："河口饯南客，进帆清江水。"又如高适云："郑侯应栖遑，五十头尽白。"又如陆士衡云："顾侯体明德，清风肃已迈。"

---

① 张伯伟：《全唐五代诗格汇考》，南京：凤凰出版社，2002年，第151—153页。

第二，都商量入作势。

都商量入作势者，每咏一物，或赋赠答寄人，皆以入头两句平商量其道理，第三、第四、第五句入作是也。皆有其例。昌龄《上同州使君伯诗》言："大贤本孤立，有时起经纶。伯父自天禀，元功载生人。"（是第三句入作）又《上侍御七兄诗》云："天人俟明略，益、稷分尧心。利器必先举，非贤安可任。吾兄执严宪，时佐能钩深。"（此是第五句入作势也）

第三，直树一句，第二句入作势。

直树一句者，题目外直树一句景物当时者，第二句始言题目意是也。昌龄《登城怀古诗》入头便云："林薮寒苍茫，登城遂怀古。"又《客舍秋霖呈席姨夫诗》云："黄叶乱秋雨，空齐愁暮心。"又："孤烟曳长林，春水聊一望。"又《送鄠贲观省江东诗》云："枫桥延海岸，客帆归富春。"……

第四，直树两句，第三句入作势。

直树两句，第三句入作势者，亦题目外直树两句景物，第三句始入作题目意是也。昌龄《留别诗》云："桑林映陂水，雨过宛城西。留醉楚山别，阴云暮凄凄。"（此是第三句入作势也）

▋ 阐述 ▋

　　上述文字出自《诗格》，其作者旧题为王昌龄。"诗格"，指的是诗的格式、体例与诗的风格、格调，是唐代出现的专门讨论诗歌写作规范文本的。虽然，我们无法确知，在现存的这部《诗格》中有多少内容确实出于王昌龄，但根据张伯伟先生的考证，其一为《文镜秘府论》征引部分，这一部分当出于王氏。其二为《吟窗杂录》卷四至卷五所收的王昌龄《诗格》，其中难免真伪混杂。其三为《吟窗杂录》卷六题作《诗中密旨》的内容，乃浅薄之人杂抄元兢《诗髓脑》、崔融《唐朝新定诗格》、皎然《诗议》及佚名《诗式》的内容拼凑而成，绝大部分非王氏论文语。"十七势"即出于第一部分。诗，是出于性灵的自由写作，但作为中国传统文学中的经典样式，它承担着"言志"的社会功能，所以诗歌创作的合规范性深受重视。唐代是近体诗发展的高峰，对于篇中句数、字数、平仄、押韵都有严格的限制，因此，讨论写作规范的著作也就相应增多了。王昌龄诗以七绝见长，尤以边塞诗最为著名，有"诗家夫子王江宁""七绝圣手"之称。他在诗歌体式问题上有自己的独特见解，"十七势"就是他对诗歌体式、结构的分类。通过分类，他实际上将诗歌表达情志的方法模块化了。从表达顺序、内容分配、情景配合、意象境界等不同维度阐述了不同类型的表达方式所需遵循的规范，可以采取的组合，以及如何达到情景交融的艺术境界的示范。这可以视为他创作经验的总结，也给初入门者一套可借鉴的方法。

　　"城市和天空"（The City and The Sky）是艺术家雅各布·桥本（Jocob Hashimoto）为美国波特兰国际机场设计的一个永久性艺术装置作品，吸引着游客把注意力从城市转向广阔无垠的西部，提醒旅行者大自然拥有着巨大的潜力。这位艺术家善于借助雕塑、绘画和装置的混合，用一系列模块化组件完成复杂作品的建构。在他的作品中，最有意思的模块组件是风筝。风筝具有孩童趣味和怀旧的感觉，和失去有关，也和自然有关，是一种具有无限想象空间的物体。在他看来，风筝这样一个反复出现的模块在某种程度上体现了他对艺术历史传统和工艺的理解，也体现了一种鲜明的特征和标志感，通过风筝的不同组合方式，可以凸显虚拟性和未来感。

❧ 跟着案例说设计 ❧

　　设计师 Alp Çakın 的 Workstick 垂直工作站是在充分了解当代办公需求的基础上设计的一款具有模块化功能性的家具，旨在告别传统的办公桌，把家中的任何角落变成功能性办公空间，适应居家移动办公的新方式。它的造型非常像一根树枝，使用者可以根据自己的需求进行模块组合，调整高度和位置。工作杆上的电源模块能轻而易举地为笔记本电脑充电，顶部还有照明模块，能够确保工作空间始终光线充足。对于年轻一族而言，这款家具最大的吸引力在于它让枯燥的办公空间变得多元化，在组合过程中增强了游戏感和灵活性，在收纳过程中体现了轻量化和简易化，让办公的感觉不再沉重，改善了人与工作之间的关系。模块颗粒度的合理确保了办公功能的实现，模块组合的自由原则提升了使用者的满意度。

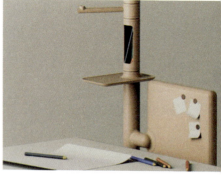

设计往往需要结合多个领域的知识，包括传统文化、现代设计趋势和技术创新等。ChatGPT 通过知识图谱（Knowledge Graph）和关联规则的运用，将不同领域的知识整合到一起。其核心优势在于强大的自然语言处理能力，特别是在设计初期阶段，设计师可以通过 GPT 对大量文本资料进行分析，以提炼设计所需的概念和灵感。在这个过程中，丰富、优秀的中国诗词和小说文本就成了设计重要的素材来源。

当然，素材不能直接转化成设计草图，要通过文本预处理与分类。利用 ChatGPT 的文本处理能力对文本进行分析，可以为后续的数据分析和主题生成奠定基础。ChatGPT 可以生成复杂的提示词组合，并结合语义匹配技术，自动优化这些提示词的优先级与组合方式。通过语义网络和 Transformer 模型的多头注意力机制，保证提示词的结构符合设计目标，从而提升图像生成工具的渲染效果。通过词嵌入技术，ChatGPT 还可以从大量文本中提取出与设计意境紧密结合的词语，极大地提高了文本分析的准确性，使设计师能够迅速找到与主题相关的元素。在设计草图完成后，设计师可以将生成的文本与消费者反馈或专家评估相结合，利用 ChatGPT 生成新的视觉描述和创意提示，进而生成新的设计方向，帮助设计师优化草图。

请尝试以《红楼梦》为素材源，提炼一组关键词，生成符合清前期南方园林风格的客厅设计草图，并且从视觉吸引力、文化符合度、市场接受度等维度，利用 GPT 的图片分析技术，生成综合性评价报告，判断生成的设计草图是否能达到预设目标。

共情与共创

开宗明义

　　在情感化设计中，共情是一个经常被提到的概念，指设计师走进他人的内心世界，在不放弃自己观点的同时，体会对方的感受，站在对方的角度思考并做出适当的设计回应。共情之后，设计师如能与用户基于共同价值认同，共同分享知识与信息，完成基于人员、工具、方式和情境四个要素构成的服务生态系统，创造共同价值，那将提升设计成果的接受度和满意度。

❀文学导引❀

　　话说林黛玉只因昨夜晴雯不开门一事，错疑在宝玉身上。至次日又可巧遇见饯花之期，正是一腔无明正未发泄，又勾起伤春愁思，因把些残花落瓣去掩埋，由不得感花伤己，哭了几声，便随口念了几句。不想宝玉在山坡上听见，先不过点头感叹；次后听到"侬今葬花人笑痴，他年葬侬知是谁"，"一朝春尽红颜老，花落人亡两不知"等句，不觉恸倒山坡之上，怀里兜的落花撒了一地。试想林黛玉的花颜月貌，将来亦到无可寻觅之时，宁不心碎肠断！既黛玉终归无可寻觅之时，推之于他人，如宝钗、香菱、袭人等，亦可到无可寻觅之时矣。宝钗等终归无可寻觅之时，则自己又安在哉？且自身尚不知何在何往，则斯处、斯园、斯花、斯柳，又不知当属谁姓矣！——因此一而二，二而三，反复推求了去，真不知此时此际欲为何等蠢物，杳无所知，逃大造，出尘网，始可解释这段悲伤。

——《红楼梦》第二十八回
蒋玉菡情赠茜香罗　薛宝钗羞笼红麝串①

---

① 　[清]曹雪芹：《红楼梦》，第373页。

▌阐述▐

　　"黛玉葬花"是小说最著名的段落之一。一曲《葬花吟》，写尽黛玉飘零身世，感伤情怀。她以花喻人，道出了自己的生命价值观："质本洁来还洁去，强于污淖陷渠沟。"这是一种高贵的人格力量，是一种睥睨世俗的气节，也是一种迷惘失落之后生命力的巨大反弹。这与南宋诗人郑思肖的《寒菊》中，"宁可枝头抱香死，何曾吹落北风中"①所表达的境界非常近似，傲然之气，坚贞不移。黛玉是个兰心蕙质的女孩，寄居贾府多年，她对贾府"烈火烹油"之下的衰败，对大家族内部蝇营狗苟的争斗，对她与宝玉无法言说的感情都有着明确的认知，但身为闺阁弱质，她又无法改变什么，唯一能主宰的就是自己的心灵。在这首血泪斑斑的作品中，我们感受到了一个女子绝望的抗争。

　　作为心灵相通者，当宝玉听到这首诗时，内心受到的震动可想而知。因为，作品中不仅有一个女子对于命运的感慨，也有一个诗人对于"无可奈何花落去"的家族命运、世事沧桑的悲鸣。宝玉虽然时常以"混世魔王"的形态出现在世人面前，但他的内心其实是清醒的。他厌恶功名，拒绝与世俗同流合污，所以一味地在"闺阁女儿"那里流连，寻求清净自在，虽然他自己也知道，这种状态是不长久的。在小说的第六十二回，黛玉和宝玉谈起探春管家的举措。

---

① 傅璇琮等编：《全宋诗》第69册卷三六二八，第43 449页。

黛玉和宝玉二人站在花下，遥遥知意。黛玉便说道："你家三丫头倒是个乖人。虽然叫他管些事，倒也一步儿不肯多走。差不多的人就早作起威福来了。"宝玉道："你不知道呢。你病着时，他干了好几件事。这园子也分了人管，如今多掐一草也不能了。又蠲了几件事，单拿我和凤姐姐作筏子禁别人。最是心里有算计的人，岂只乖而已。"黛玉道："要这样才好，咱们家里也太花费了。我虽不管事，心里每常闲了，替你们一算计，出的多进的少，如今若不省俭，必致后手不接。"宝玉笑道："凭他怎么后手不接，也短不了咱们两个人的。"①

这段话说明，黛玉对贾府的经济状况有非常清晰的认识，所以她赞成探春的兴利除弊。宝玉也并不是不明白，他理解探春要推行改革，必须拿出几个有说服力的样板，这样才能服众。他劝慰黛玉的话是耐人寻味的，他不否定黛玉的话，只是表示他们两人不会受影响。这说明，宝玉心里对家族经济出问题也是有认知的，只不过他认为他和黛玉是被优待的，不受影响。这其实也是他的自我心理安慰。

经济问题背后，当然是政治问题。作为赫赫扬扬的大家族，其存续和发展依赖的是帝王的信赖和器重，贾府之所以如此重视省亲，其实也正是在于这是一个向皇室表达效忠态度的机会。但是，这个家族无能臣，在政治舞台上逐渐被边缘化。四大家族相互勾连，最容易引起帝王忌讳，虽然"百足之虫，死而不僵"，但颓败之相已现。

---

① ［清］曹雪芹：《红楼梦》，第857页。

宝玉作为这个家族中清醒的观察者，对于这一切自然心知肚明。所以，黛玉的《葬花吟》不仅引起他对红颜凋零的深切惋惜，也引发了他对家族命运的深切思考。所谓"逃大造，出尘网，始可解释这段悲伤"，正是宝玉对不可逆转的悲剧的思索。

　　诗歌的解读，形象大于思想是一种常态，因为阅读者会将自己的生命体验带入其中，完成文本意象的重建，使之具有更丰富的内涵。当然，要实现这一切，需要读者与作者具备共通的意义空间。这一意象重建的过程与设计师、使用者面对设计任务，在充分沟通价值观和审美理念的情况下，以合作、开放、互动的方式构建设计流程，完成价值共创的过程何其相似！

补子瞻赠姜唐佐秀才 ①

［宋］苏轼、苏辙

生长茅间有异芳，风流稷下古诸姜。适从琼管鱼龙窟，秀出羊城翰墨场。

沧海何曾断地脉，白袍端合破天荒。锦衣他日千人看，始信东坡眼目长。

▋阐述▋

这首诗是苏轼、苏辙两兄弟合作，受赠人是海南历史上第一位举人姜唐佐。苏轼贬居儋州，经历了生命里最黑暗的岁月，但对海南文化发展来说是一件幸事。《琼台纪事录》中说："宋苏文公之谪儋耳，讲学时道，教化日兴，琼州人文之盛，实自公启之。"② 须知，在此前的北宋百余年间，海南没有一个进士，就连举人都没有。姜唐佐在苏东坡身边与其朝夕相处，虚心求教长达八个月，与苏轼建立起亦师亦友的亲密关系。苏轼赞扬他的文章"文气雄伟磊落，

---

① 傅璇琮等编：《全宋诗》第 15 册卷八六七，第 10 087 页。

② ［清］戴肇辰：《琼台纪事录》，清同治八年（1869 年）刻本，第 3 页。

倏忽变化"①，言行"气和而言道，有中州人士之风"②，鼓励他参加科举考试。他预言姜唐佐必定登科，临行前赠诗半首："沧海何曾断地脉，白袍端合破天荒。"欲待姜唐佐日后登科，再成此篇。姜唐佐果然中举，成为海南历史上第一位举人。

宋徽宗崇宁二年（1103年），姜唐佐北上京城参加会试，途经河南汝州拜会苏轼之弟苏辙，此时东坡已逝，姜唐佐遂请苏辙代兄将诗补全。苏辙面对亡兄遗墨，想必百感交集：他能体会到自己的兄长在海角天涯独自生活的心路历程，能理解他是如何以拓荒者的态度在海南开学馆，教化子弟；能理解在一片文化荒漠中，年轻的学子要付出怎样的努力才能脱颖而出，走到自己的面前；更能理解，姜唐佐带着这半首诗来，在当时"元祐党人"依旧被禁锢和边缘化

---

① [清]李文烜等：《广东省琼山县志·十九卷》"人物志"，台北：成文出版社有限公司，1974年，第154页。

② [清]王梓材、冯云濠：《宋元学案补遗·九十九卷》，1937年，四明张氏园刊本，第100页。

的状态下，是有何等的勇气！苏辙将这些理解化作文字，完成了这首诗。在作品中，他肯定了姜唐佐能在非常艰难的环境中特立独行，把他和齐鲁之地姜姓氏族的名人相提并论；表彰了他从海角天涯来到广州，考中举人，这是一件令人骄傲的事情。这四句形成了与苏轼诗联的完美贴合，苏轼认为姜唐佐能够打破传统，振兴海南文脉，所以留下了"破天荒"的期待，苏辙的"适从"两字，成了这个断语的铺垫，无缝衔接。诗的尾联是苏辙对这位考生的祝福，更是为兄长慧眼识人的能力拍案叫绝，这中间也夹杂着他为兄长遭遇的不平之鸣。可见，苏辙不仅是个共情者，更发挥了自己的见解、感悟，完成了这首诗的共创，留下一篇千秋绝唱。

【名称】药草山房图卷

【年代】明

【作者】文嘉、钱榖、朱朗

【馆藏】上海博物馆

嘉靖庚子年十月十九日晚上，文彭、文嘉、周天球、朱朗到友人蔡叔品的药草山房去，正好遇见钱榖、彭年、沈大谟、陆芝、石岳，众人兴起，于是文嘉、钱榖、朱朗三人当场合画了此图，为一场"雅集"留下了可供追忆的图像。画中古树掩映下的草堂中文士们交谈正欢，堂前修竹夹径，尚有文士前行，欲赴草堂雅集，门外有一位后来者，与门内人叙话，似乎在解释晚到的原因。画的作者，文嘉为文徵明次子，能诗、擅篆刻，善画山水，作花卉。明人王世贞评："其书不能如兄工，而画得待诏（文徵明）一体。"[①] 钱榖曾游文徵明门下，山水爽朗可爱，兰竹兼妙，最善画雅集图，其中最著名者是现藏于美国大都会博物馆的《兰亭修禊图》。朱朗的画亦是仿文徵明，他更擅长花卉草虫。这三位吴门画派的后学联手

① ［清］孙岳颁编：《御定佩文斋书画谱》卷四十二，载［清］永瑢、纪昀等编《文渊阁四库全书》第 820 册，第 667 页。

成图，后又由石岳补了水仙，这种创作形式在当时的"雅集"中并不多见。作为一种文人活动，当时人们更重视诗歌的创作，比如，元代大名鼎鼎的"玉山雅集"，从至正八年（1348年）到至正十九年（1359年）前后持续十余年，最多的一年举行了二十余次。参加雅集的人既有本地文人，也有因流寓、游学、仕宦而经过吴中的南北人士；既有蒙古人、色目人，也有释道僧侣；既有诗人，也有书画家和戏曲家，几乎囊括了元代后期的知名人士。《四库提要》赞"玉山雅集"为"文采风流、照映一世"[①]。而这次雅集，根据文嘉在图卷上的小序，"诸公高兴逸发，见几上素卷，嘉与叔宝、子朗合作横轴，孔加忽吟二句：'画史争图药圃花，山人倒写岩间树。'八人者欲为之联句，不成，因各分韵赋诗。是日胡绍之期不至；石民望已先在座，补水仙石旁"，绘画成了活动的重心。这说明，当时"吴门画派"的影响已经突破了文化圈的刻板印象，使绘画获得了与诗歌类似的文化地位。在这幅画中，画家们对雅集都抱持着巨大的热情，以全景展开的方式着力还原当时的盛景。他们虽各有所长，但相互配合，画作丝毫不见突兀，让人们在数百年后仍可以想象这样一场文化盛会。

---

① ［元］顾瑛编：《玉山名胜集》提要，载［清］永瑢、纪昀等编《文渊阁四库全书》第 1369 册，第 2 页。

❀ 跟着案例说设计 ❀

　　日本福冈壹岐南小学校园景观设计①，以生态性生物部落为设计主题，遵循"开辟儿童创造力和未来的设计"的理念，由该学校学生、小学代表及社会人员共同完成。在此过程中，儿童全程参与从实地调研、设计概念、景观建造到后期维护等环节，实现了儿童成长与校园发展的并行。首先，设计师让学生以小组为单位组成不同的景观环境设计小组，在设计师的帮助下采用廉价的树枝、石头、废纸等材料进行草图绘制和草模制作，并在组内分享。然后，设计师与学生展开进一步沟通，共同设计出1：100的微观模型，在学生的创意和期望变成立体可视化的实物后，设计师根据得出的结果使用专业材料进行模型改造和图纸设计。在项目建造阶段，除了不便的工程外，小学生、社区人员、教师及大学生等共同参与营建。最后，学生在日常生活中结合自身的需要，不断提出修改意见，设计师再加以完善。该项目让学生在体验自然的过程中极大地提升了自己的身体素质、认知水平，以及情感和社会发展等方面。

---

① 王炜：《基于儿童参与的校园景观环境设计——以日本福冈壹岐南小学校园景观环境设计为例》，《华中建筑》，2015年第3期，第108—111页。

3

1/100 model made by children

1/100 model made by our Lab. based on the children's model

后记

　　始终觉得，"三"是一个可纪念的数字。老子说"三生万物"，大约累积到一个关键点，对于多样性、充分性、变化性的展现可以达到很充分的状态，"世界"的建构也由此完成。

　　这是我在广西师范大学出版社出版的第三本书了，我对于设计与文学关系的认知，在这里也表达得很充盈了。作为一个中国文学毕生的追随者，我始终相信，美好的文字里有中国人感知和表达世界的多元路径，是东方审美的集中萃取。以文学的视角谈设计，一定能打开通往秘境世界的入口。

　　这三本书，我试图从不同的角度切入命题。《诗语空间》，谈的是如何借助中国诗学发达的形象思维帮助设计师打破固有思维形式，获取"打动人心"的密钥；《居·有诗》，希望呈现"中式生活美学的高级感"，帮助设计师从感悟与共情的角度，引领受众完成"有意味"的设计；这本《设计师的红楼梦》，期待的是从经典文学文本中挖掘设计视角，参悟设计方法，理解设计师与受众的沟通路径，完成具有中国风格、中国气派的设计。

　　在这本书的写作过程中，高巍老师依然给了我很多帮助和指导。

我们共同完成了选题的策划，多次交流书的整体结构和表达方式，他的经验和敏锐的感知力为我打开了新的思想空间，也让本书得以顺利完成。我还要感谢我的学生李俊萱，在我的写作过程中，她是热情的辅助者，真诚的读者和温暖的鼓励者。这一切都让工作本身充满了乐趣。感谢我的好朋友季慧，她是热情的读者，也是热烈的批评者，是我在写作过程中最温暖的心灵回应者，感谢编辑孙世阳老师认真审读了本书，也提供了许多有价值的建议，让这本"任性"之作更加完备。

十二岁那年的暑假第一次读《红楼梦》，那个石库门里长大的女孩眼前打开了一扇门。春花烂漫，秋月朗霁，诗与梦，欢声与悲歌，美好与幻灭，给了我近乎于湮没的冲击，夹杂着疼痛与狂喜。此后，这本书便成了我的枕边书，青春岁月里，读到爱情，也读到自己；中年时光后，读到人心，也读到了思辨。书中有诗，书中有画，书中有设计，书中有一个艺术家完整的生命体验。

今天，或许我们可以一起来读书，在《红楼梦》里，说一说设计的话题？